喚醒你的英文語感！

Get a Feel for English !

美國人 365天都在用的 英文片語

The Ultimate Phrasal Verb Book

作者：Carl W. Har | 總編審：王復國

告別老祖母級古董片語，轉戰最新最實用的 **Barron's** 片語動詞

★ 400 個關鍵片語動詞，一詞多用，加速提升英語競爭力。

★ 風靡全國高中、大專英文老師的 <<Barron's 終極片語動詞全書>> 全新精華版，輕鬆聚焦最有效率！

貝塔語言出版
Beta Multimedia Publishing

RT 台灣題測中心
Taiwan Testing Center

本書介紹

片語動詞是動詞（如 put、take、come、go）加上質詞（如 in、out、on、off）組合而成。

你應該認識 call、run，也清楚 off、out 的意思，但是卻可能不明白 call off（取消）以及 run out（用完）的意思。而這也是這本書出版的目的，協助想要清楚表達英文的人們學習片語動詞。

片語動詞對英文來說是非常基本而重要的，不管是口語、演說、正式或非正式的寫作中，都充斥著片語動詞，不管是高級知識份子，或是一般市井小民，都充分的使用片語動詞。由此可知徹底學習片語動詞的必要性與急迫性。

本書共有 50 課，每課詳細介紹 8 個片語動詞，將不同詞義一一條列，每個詞義都搭配例句，務求讓讀者能完全了解其中的細微差異。若該詞義有衍生的極常見名詞和形容詞，也會在「多學一點點」BOX 中補充列舉。全書中共有 20 篇「FOCUS ON」說明片語動詞相關的學習焦點，包含文法、分類、發音、質詞和副詞的搭配等。

有些片語動詞外型很相似（例如 pull off、pull out、pull over），因此在學習過程中感到混淆困惑時，可翻閱本書最後的索引來釐清。索引中，將全書片語動詞依照字母順序編排，並附上片語動詞所在的課數，即可清楚比較。

隨書搭配一片由專業外籍英文教師 Brian Greene 錄音的 MP3 光碟，收錄全書全部片語動詞＋不同的中文詞義＋例句朗讀。隨時隨地用聽的就能學習、複習片語動詞，雙重加強學習效能。

Contents

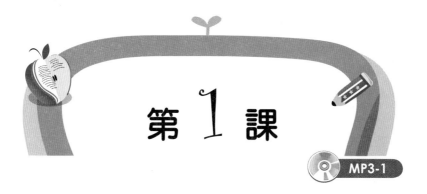

come from

★（人）來自於；出身自

Mike **comes from** Alaska, so he's used to cold weather.
麥克來自阿拉斯加，所以他很習慣寒冷的天氣。

★（物）起源於

The mechanic heard a strange sound **coming from** the
engine. 技師聽到引擎傳出奇怪的聲響。

figure out

★ 了解；弄清楚【受詞可為名詞或名詞子句】

Joe's so hostile all the time. I can't **figure** him **out**.
喬一直充滿敵意。我搞不懂他是怎麼回事。

give back

★ 歸還（物）給（人）

Timmy, **give** that toy **back** <u>to</u> your sister right now!
堤米，立刻把那個玩具還給你姊姊！

look for

★ 尋找（物、人）

I **looked for** you at the party, but I didn't see you.

我在派對上找你，但沒看到你。

put on

★ 穿上；戴上；塗抹（在身上）

I **put on** my new shirt before going to the party.

我穿上新衣參加派對。

Erik forgot to **put** suntan lotion **on**, and now he's as red as a lobster.

艾瑞克忘了擦防曬乳液，結果現在全身通紅像隻龍蝦似的。

★ 放置在……；施加於……

Jerry **put** too much fertilizer **on** his lawn, and now he has to cut it twice a week.

傑瑞在草坪上灑了太多肥料，結果他現在一週必須割兩次草。

★ 繫上；貼上；裝在……上

The Wilsons **put** a new roof **on** their house last year.

威爾森家去年給他們家搭蓋了新屋頂。

★ 增加體重

I need to go on a diet. I've been **putting on** a lot of weight lately.　我需要節食。我最近體重增加好多。

★ 舉辦；演出（表演活動、戲劇等）

The club **put on** a show to raise money for the party.

社團舉辦表演來為舞會籌募資金。

★【口語】戲弄；開玩笑；欺騙

You won the lottery? You're **putting** me **on**!

你中了彩券？你騙我！

run into

★ 開車撞上

Ali was driving too fast, and he **ran into** a telephone pole.

阿里車開太快，撞上了電話線桿。

★ 不期而遇（人）

We **ran into** Karen and her new boyfriend at the supermarket yesterday.

我們昨天在超級市場巧遇凱倫和她的新男友。

★ 意外遭遇（難題）

Janice **ran into** one problem after another at work today.

詹妮絲今天工作時碰到接二連三的問題。

★（金額、人數等）總計；合計

The number of starving people in the country **ran into** millions. 該國忍饑挨餓的人口達數百萬。

show up

★ 出現；出席；參加（場合）

Over a hundred people **showed up** for the news conference. 百餘人出席了那場記者會。

★ 突出；顯現

It's hard to photograph polar bears because they don't **show up** well against the snow.

要給北極熊拍照並不容易，因為以雪為背景突顯不出牠們來。

take off

★ 脫掉（衣物）

I was so tired when I got home that I **took** my clothes **off** and went straight to bed.

我回到家時好累，把衣服脫掉就直接上床睡覺了。

★ 移開；去除

You need to **take** the old wax **off** the floor before you wax it again. 在你給地板打蠟之前，你必須先去掉舊的那層臘。

★ 分離；拆除

Alfonso always **takes** the skin **off** chicken before he cooks it. 艾爾方索在烹煮雞肉前都先去皮。

★ 休假；不去上班、上課

I can't work tomorrow. I have to **take** the day **off** for some tests at the hospital.

我明天不能上班。我必須請一天假到醫院做一些檢查。

★ 起飛；升空

Our plane **took off** an hour late because of the snow.
我們的班機因為下雪延後一小時起飛。

 多學一點點

名詞片語：**takeoff**（起飛）

The **takeoff** was delayed because of the snow.
因為下雪延後起飛。

★ 進行順利；成功（生意、活動等）

If this business **takes off**, we could make a lot of money.
如果這椿生意做得順利，我們就可以賺大錢。

★【口語】離開；走人

After he found out the FBI was looking for him, he **took off** in a hurry.　發現聯邦調查局在找他之後，他就匆忙離開了。

★ 減價；折扣

The sign in the store window said, "Every Monday **take** 10 percent **off** all marked prices."
商店櫥窗的告示寫著，「每週一全部照標價打九折。」

The car dealer **took** $2,000 **off** the list price.
車商按照定價減價二千美元。

Focus on ★

可分離與不可分離片語動詞

片語動詞可分為可分離與不可分離兩種：

▶ **可分離之片語動詞**

可分離片語動詞中間可插入受詞。如果受詞是名詞，通常可以置於動詞和質詞（介系詞或副詞）之間，或是放在質詞之後。例如：

I **took** <u>my shoes</u> **off**. （我脫掉鞋子。）
I **took off** <u>my shoes</u>.

如果受詞是代名詞，而非名詞，那麼代名詞必須放在動詞和質詞中間。例如：

（○）I **took** <u>them</u> **off**. （我脫掉它們。）
（×）I **took off** <u>them</u>.

但是，當片語動詞有兩個受詞時，片語動詞一定要分開。例如：
（○）She **put** <u>a blanket</u> **on** <u>the bed</u>. （她在床上鋪上毯子。）
（×）She **put on** <u>a blanket</u> <u>the bed</u>.

▶ **不可分離之片語動詞**

不可分離片語動詞中間不可插入受詞。例如：

（○）He **ran into** <u>a tree</u>. （他撞到樹。）
（×）He **ran** <u>a tree</u> **into**.

第 2 課

come off

★ 脫落；剝落

That paint won't **come off** your hands unless you use turpentine. 除非你用松香油，否則你手上的油漆除不掉。

★（活動、會議等）進行順利；成功

The party **came off** well. Everyone had a lot of fun.
派對辦得很成功。大家都玩得很開心。

★ 別撒謊；別裝蒜

It's 2:00 A.M., you come home smelling like beer, and you say you were working late at the office? Oh, **come off** it!
現在是凌晨兩點，你帶著一身啤酒味回家，還說是在公司加班？噢，少來了！

doze off

★ 小睡；打盹

I went to a movie last night, but it was so boring that I **dozed off**. 我昨晚去看電影，那部電影無聊到讓我睡著了。

fall for

★受騙；上當

I feel like an idiot. The salesman promised me it was a real diamond, not glass, and I **fell for** it.

我覺得自己像個笨蛋。推銷員向我保證這是真鑽，不是玻璃，而我居然上當了。

★愛上；著迷（人或物）

When I saw this house, I **fell for** it immediately, and I made an offer the same day.

我一看到這棟房子就好喜歡，當天便出價買下。

give in

★ 屈服；投降；讓步

My son drove me crazy asking me to buy him a new bicycle, and I finally **gave in**. 我兒子一直要我買新的腳踏車給他，快把我逼瘋了，而最後我還是屈服了。

The strike lasted for eight months, but the company never **gave in** <u>to</u> the workers' demands.

罷工持續了八個月，但公司對員工的要求並沒有讓步。

hear about

★ 知道；聽聞；得知（人或事）

I **heard about** the earthquake on CNN.

我從 CNN 得知那場地震。

pull through

★ 撐過去；度過危機（疾病、受傷等）

The doctor didn't think his chances were very good, but he **pulled through**.

醫師覺得他的希望並不樂觀，但他還是撐過了危險期。

stay off

★（與物）保持距離

You kids can play in the living room, but **stay off** the Persian rug.

你們這些小朋友可以在客廳玩，但是不要踩到波斯地毯。

throw up

★嘔吐

Alex was so sick that he **threw up** all over my shoes.

艾力克斯很不舒服，吐得我的整個鞋子都是。

★飛濺；噴散（泥沙、液體等）

Be careful with that chain saw — it'll **throw** sawdust **up** in your eyes. 小心那把鏈鋸，它會把木屑噴到你的眼睛裡。

feel up to

★（有信心或體力）能勝任

I'm sorry to cancel, but I just don't **feel up to** going dancing tonight. 抱歉我不去了，我今晚實在沒力氣跳舞。

get over with

★ 熬過（難題、麻煩）【動詞、質詞必分離】

I think it's better to **get** the exam **over with** first period than to be nervous about it all day long.

我覺得第一節就把試考完，好過緊張一整天。

go along with

★ 同意；支持（人、看法等）

I understand your concern, Linda, but I have to **go along with** Maria on this matter.

我了解妳的顧慮，琳達，但這件事我得支持瑪麗亞。

★ 遵守；服從（規定、要求等）

Mrs. Taylor wasn't happy about the committee's decision,

but she **went along with** it anyway.

泰勒太太並不滿意委員會的決議，但她還是順服了。

go in for

★ 熱中；喜歡做（活動等）

Bryan really **goes in for** any kind of outdoor activity.

布萊恩真的很熱中於任何種類的戶外活動。

look forward to

★ 期待；盼望（人、事物）

It's been four years since my brother went overseas. I'm **looking forward to** seeing him again.

我哥哥到國外已經四年了。我很期待再看到他。

I **look forward to** an opportunity to meet with you in person. 我期待有機會能見到您本人。

put up with

★ 忍耐；忍受（人、事）

My wife said, "I've **put up with** your brother long enough!"

我的太太說：「我忍耐你哥哥夠久了！」

screw out of

★【口語】榨取；詐騙；勒索（財物等）

Their sleazy son-in-law **screwed** them **out of** thousands of dollars. 他們那個卑劣的女婿騙了他們好幾千美元。

talk down to

★ 高傲地（對人）說話

I was furious about the way he **talked down to** me!

他對我說話一付高高在上的樣子，讓我很火大！

三字片語動詞

三字片語動詞就是一個動詞加兩個質詞，通常第一個質詞是副詞，第二個是介系詞。

例如：

It was nice to meet you, and I **look forward to** seeing you again. （很高興認識你，期待再次相見。）

I'm sorry I can't say yes about the motorcycle, but I have to **go along with** your mother's decision.
（抱歉我不能同意買腳踏車的事，我必須支持你媽媽的決定。）

Karen's nervous about the job interview. She just wants to **get it over with** so she can stop worrying about it. （凱倫對工作面試感到很緊張。她只希望趕快把它解決掉，就不用再掛心了。）

MP3-4

cheat on

★ 對（伴侶）不忠

Can you believe it? She was **cheating on** me with my best friend! 你相信嗎？她居然背著我和我最好的朋友亂搞！

★ 作弊

If I didn't **cheat on** the tests, I'd never pass any of my classes. 如果我考試不作弊，我一科也過不了。

go after

★ 追趕；攻擊（人）

A policeman saw him stealing the car and **went after** him.
一名警察發現他在偷車，便上前追捕。

★ 查緝；追查（人）

Federal prosecutors are now **going after** the top drug
dealers. 聯邦檢察官正在查緝煙毒要犯。

★ （廠商等）訴求

The CEO said he wanted to **go after** new customers in
China. 那位總裁說他想以中國的新興消費者為訴求。

★ 追求；求取（學位、成就等）

Sofia **went after** a degree in accounting.
蘇菲亞攻讀會計學位。

look up

★ 查找（生字、電話等）

The teacher told the students to **look** the new words **up** in
a dictionary. 那位老師告訴學生們用字典查那些生字。

I **looked up** his number, but it's not in the phone book.
我找過他的電話號碼，但是電話簿裡沒有。

★ 尋找；尋訪（人）

If you're ever in Kempton, **look** me **up**.
如果你有到開普敦，就來找我。

★（情況）好轉；改善

I'm much happier than I was last year. Things are **looking up**. 我比去年快樂多了。情況正逐漸好轉。

pay for

★ 付款；付（人）錢

Can I **pay for** this stuff with a credit card?
我可以用信用卡付這個東西的錢嗎？

★ 付出代價；得到懲罰

Young people think that drugs are harmless, but they'll **pay for** their foolishness someday.
年輕人覺得毒品無害，但終有一天他們會為自己的愚蠢付出代價。

plan for

★ 做計畫

It's never too early to start **planning for** retirement.
愈早開始為退休做準備愈好。

point to

★ 指向（人、物）

The prosecutor asked, "Can you **point to** the man you saw carrying the gun?"
檢察官問道：「你可以指一下你看到的那名持槍男子嗎？」

★（事物）點出；顯示出

These terrible test scores **point to** a need for some major changes in our educational system.

這些糟糕的考試成績顯示我們的教育制度需要一些重大改革。

put to

★ 使（人）把（事）說清楚

He didn't want to tell me the truth, but I really **put** it **to** him, and he finally told me the whole story.

他不願告訴我實情，但我逼他說明，他終於全盤托出。

When Prof Kline **put** his theory **to** me like that, I realized what he was talking about.

在克萊恩教授那樣子向我說明他的理論之後，我才明白他在說什麼。

★ 麻煩（人）處理（事物）

Thanks for helping me with my flat tire. I'm sorry to **put** you **to** so much trouble.

謝謝你幫我處理爆胎。真抱歉給你帶來這麼多麻煩。

★ 把（物）貼近、靠近（物）

When he **put** a gun **to** my head, I realized he wasn't joking. 當他把槍頂著我的頭時，我才知道他不是在開玩笑。

wrap up

★ 包裝；包裹（物）

I have to **wrap** this gift **up** before I go to the party.

我得在去參加派對之前把禮物包裝好。

★ 結束（活動、交談等）

We **wrapped up** the meeting around 4:00 and went home.

我們在四點左右結束會議回家。

第 5 課

break down

★（機械）故障

I was late for work because my car **broke down**.

我上班遲到，因為我的車子拋錨了。

★（協定、婚姻等）失敗；破裂

After he started drinking heavily, their marriage started to **break down**. 在他開始酗酒之後，他們的婚姻也開始破裂。

★ 情緒失控；崩潰；痛哭

Tom **breaks down** whenever he thinks of the tragedy.

湯姆一想到那樁慘劇就會哭。

★（化學）分解

Anticoagulant drugs are used to **break down** blood clots.

抗凝血劑被用來分解血塊。

★ 拆解；分析（流程、問題等）

If you **break** the manufacturing process **down** into steps, it's easier to train workers.

如果你把製造流程拆解成步驟來說明，會比較容易訓練員工。

★（把門、牆等）破壞；拆毀

The police **broke** the door **down** and arrested the bank robbers. 警方把門撞破，逮捕了銀行搶匪。

多學一點點

形容詞片語：**broken-down**（故障的；老舊的）

My car is a **broken-down** piece of junk.
我的車子是塊破爛的廢物。

名詞片語：**breakdown**（故障；失敗破裂；情緒崩潰；痛哭）

After that last **breakdown**, I decided it was time for a new car. 上次拋錨之後，我決定是該換新車的時候了。

Neither side would give an inch, and there was a **breakdown** in the negotiations.
雙方都不肯退讓一步，協議宣告失敗。

Marvin had a complete mental **breakdown** and started to see invisible people. 馬文已經完全瘋了，還開始看到幻影。

---

burn down

★ 燒毀；焚毀

Though most of Chicago **burned down** in 1871, a few buildings survived.
雖然芝加哥在一八七一年時幾乎全部燒毀，但仍有少數建築物殘存。

call in

★ 打電話請病假

Calling in sick too often is a good way to get fired.
經常打電話請病假很容易被解雇。

★ 請求（專業協助）；請託（他人）

The local police chief considered **calling** the FBI **in** to help solve the crime.
該地方警察局長考慮請求聯邦調查局協助解決這宗刑案。

find out

★ 找出；查出；發現【通常不可分離（受詞可為名詞或名詞子句），除非受詞為代名詞】

I met a nice man at the party, but I never **found out** what his name was.
我在派對上認識一個不錯的男子，但沒去查他叫什麼名字。

hand back

★ 歸還；交還

The teacher will **hand** the tests **back** in third period.
老師會在第三堂課發還考卷。

look at

★ 看著；注視（人或物）

I **looked at** her and told her I loved her.
我看著她，告訴她我愛她。

★ 檢查；檢驗

The mechanic **looked at** my car but he couldn't find anything wrong with it.

技師檢查了我的車子，但他找不出什麼地方有問題。

★ 看待；（對某事）提出看法

What should be done about this situation depends on how you **look at** it. 這種狀況該怎麼解決，取決於你怎麼看它。

★【口語】估計（時間或金額）【必須用進行式】

That was a serious injury. You're **looking at** months and months of physical therapy.

這傷勢很嚴重。你要花上好幾月的時間做物理治療。

pile up

★ 堆積；堆疊

In the fall we **pile** the dead leaves **up** in the driveway and burn them. 秋天時我們將落葉堆在車道上燒掉。

★（工作、負債等）累積

My work really **piled up** while I was on vacation. 我去度假時，積了一堆工作。

set up

★ 豎立；架設；擺放

When you're camping, be sure to **set** your tent **up** before it gets dark. 露營時，務必在天黑前把帳棚搭好。

★ 安排；籌辦（活動、計劃等）

I **set up** a 4:00 meeting with Jones and his lawyer.
我安排好四點要和瓊斯及他的律師會面。

★【口語】設計；陷害

The detective didn't believe me when I told him I was **set up**. 我告訴那個警探我被設計了，但是他不相信我。

🖊 多學一點點

形容詞片語：**set up**（被立起的；被擺設好的；被籌畫的；準備好的）

The party is starting in one hour. Are the tables **set up**?
派對再過一小時就要開始了。桌子擺好了嗎？

The arrangements for the wedding were very complicated, but everything is **set up** now.
籌備婚禮非常複雜，但是一切已經就緒。

 **多學一點點**

名詞片語：**setup**（零件；配備；安排；計劃）

The nurse prepared **setups** for the hospital emergency room. 那位護士把醫院急診室的設備都準備好。

What's the **setup** for the Fourth of July picnic?
七月四日的野餐有什麼安排？

片語動詞的重音

▶ 不及物的不可分離片語動詞不需要受詞，發音時重音通常落在
質詞上：

Ned drank so much that he **passed OUT** on the bathroom floor.
（奈德酒喝太多了，結果醉倒在浴室地板上。）

▶ 及物的不可分離片語動詞需要受詞，重音通常落在動詞上：

Hank's been **CHEATING on** his wife for years.
（漢克背著老婆偷腥已經好幾年了。）

▶ 可分離片語動詞一定及物，重音通常落在質詞：

The British soldiers tried to **burn DOWN** the White House.
（英國士兵企圖燒毀白宮。）

MP3-6

boil down to

★ 歸納；總結（原因）

My decision to stay at this awful job **boils down to** one thing–money.

我之所以決定繼續做這個爛工作，原因只有一個：錢。

come down with

★ 罹患（疾病）

I don't feel well. Maybe I'm **coming down with** something.

我覺得不太舒服。也許我生了什麼病。

come up with

★ 得出；想出（主意、解決辦法等）

It took me all night, but I **came up with** the answer.

雖然花了一整晚，但我終於想出答案了。

get around to

★（在拖延之後）處理

I didn't **get around to** doing my taxes until April 14.
我一直拖到四月十四日才辦理繳稅事宜。

get out of

★ 逃避；擺脫（某事）

The boss wants me to work a double shift, but I'll **get out of** it. 老闆要我輪兩班，不過我會想辦法躲掉。

★ 從……得到收穫；有所得

The judge didn't **get** any pleasure **out of** imposing such a harsh penalty. 那位法官並不樂於宣判如此嚴厲的刑責。

★ 打探；逼問

It took me a while, but I **got** the whole story **out of** her.
雖然花了一些時間，但我終於讓她全盤托出整件事。

go back on

★ 不履行（誓言等）

I promised to take my son to a baseball game, and I'm not **going back on** my word.
我答應帶我兒子去看棒球比賽，我不會食言。

go through with

★ 貫徹

Despite his family's opposition, Erik **went through with** his decision to quit his job and start his own business. 艾瑞克不顧家人的反對，堅持自己的決定，辭去了工作，自行創業。

monkey around with

★【口語】胡搞；亂弄

I **monkeyed around with** my camera, and I think maybe I fixed it. 我隨便弄了一下我的相機，結果我好像把它修好了。

Frank was **monkeying around with** my printer, and now it doesn't work. 法蘭克亂弄我的印表機，現在故障了。

cut up

★ 切碎；剪碎

I was so angry at her that I **cut** her picture **up** and flushed it down the toilet. 我氣她氣到把她的照片剪碎，丟進馬桶沖掉。

hold up

★ 支撐；撐住

The house was **held up** by jacks until the foundation was repaired. 在修好地基之前，房子先用起重機撐著。

★ 拖延；阻撓

I'm sorry I'm late. I was **held up** by traffic.
抱歉我遲到了。我被交通耽擱了。

★（持槍、刀等）搶劫

The jewelry store owner was **held up** by three men wearing ski masks.
那個珠寶店的老闆遭到三名頭戴滑雪面罩的男子搶劫。

hold up 和 stick up 都是搶劫。

★（物）堪用；耐用

These cheap shoes won't **hold up** more than six weeks.
這雙便宜的鞋子穿不了六個星期就會壞。

★ 維持效力；持續成立、有效

Einstein's theories have **held up** despite occasional
challenges. 儘管偶遭質疑，愛因斯坦的理論依舊成立。

let out

★ 釋放；放行

The guard **lets** the prisoners **out** of their cells every day at
1:00. 警衛每天一點的時候會放犯人出牢房。

★（把衣物）放寬；放長；加大

The tailor **let** her old dress **out** so that she could wear it
again. 裁縫師把她的舊洋裝改寬，好讓她可以再穿。

★（秘密等）洩漏；揭露

This information is secret. Don't **let** it **out**.

這個消息是秘密。不要洩漏了。

★ 宣洩情緒（嘆氣、吼叫等）

Heather knew Jim was lying again, and **let out** a sigh.

海瑟知道吉姆又在說謊，於是嘆了一口氣。

The lion **let out** a loud roar before he attacked the hunter.

那隻獅子在攻擊那個獵人之前大吼了一聲。

point out

★ 指出（具體的人、物）

As we walked through the museum, the tour guide **pointed** several famous paintings **out**.

我們一邊參觀博物館，導遊一邊指出幾幅名畫。

★ 指出；點出（抽象的事、物）

I **pointed** several flaws **out** in Prof. Childress's theory.

我指出幾項喬卓斯教授理論中的缺失。

run over

★ 跑上前；奔向（某人）

When I saw Melanie, I **ran over** to her and gave her a big hug. 當我看到米蘭妮時，我跑過去給她一個大大的擁抱。

★（車輛）輾過；壓過

John was **run over** by a bus and killed.

約翰遭公車輾斃。

★ 溢出

Keep an eye on the bathtub so that it doesn't **run over**.

看好浴缸，別讓水滿出來。

★ 超過（限度）

The speaker was given fifteen minutes for her speech, but she **ran over**.

演講者只有十五分鐘的發言時間，但是她講太久了。

see about

★（找人）安排；處理

The carpet in my office is filthy. I need to **see** the maintenance guy **about** getting it shampooed.

我辦公室的地毯很髒。我需要找維護人員把它清洗一下。

★ 設法防止或扭轉（改變、新措施等）

Now they're saying I can't even smoke in my own office. I'll **see about** that!

現在他們說我甚至不准在自己的辦公室裡抽煙。我會想辦法處理的！

take apart

★ 拆開；拆解（機器等）

I had to **take** my bike **apart** when I moved.

搬家的時候，我必須把腳踏車拆開。

take in

★ 送修；進場保養

Sally **took** her car **in** to have the oil changed.

莎莉把她的車子送進廠換機油。

★ 觀賞

We stopped in Charleston and **took in** the sights.

我們在查爾斯頓停下來欣賞美景。

★ 收留

Judy's brother had nowhere to go, so she **took** him **in**.

茱蒂的哥哥無處可去，她就收留了他。

★ 受騙；上當【通常用被動式】

They were completely **taken in** by Jake's elaborate hoax.

他們被傑克的花言巧語騙得團團轉。

★ （把衣物）改小

If I lose any more weight, I'll have to have all my pants
taken in.

如果我再瘦下去，我就得把所有的褲子都改小。

Focus on ★

可分離片語動詞 + 較長的受詞

　　我們在第一課提過，可分離片語動詞的受詞可放在動詞和質詞之間或質詞之後。

　　如果受詞只有一個字或短短幾個字，不論放在中間或後面，句意都很清楚。但是，萬一受詞較長，就應該放在質詞後面；如果把它放在動詞和質詞之間，句子就會不通順，意思也容易搞混。例如：

I **looked** <u>the words that our teacher said were really important and would probably be on the final exam</u> **up**.

　　因此，我們可以歸納出以下的原則：

▶ 短的受詞可以放在動詞和質詞之間，或者放在質詞後面。例如：

She **put on** <u>her dress</u>. (她穿上衣服。)
She **put** <u>her dress</u> **on**.

▶ 長的受詞應該放在質詞之後，以避免句意混淆。例如：

She **put on** <u>the new dress with the red, yellow, and blue flowers that she bought last week for 40 percent off</u>. (她穿上那件印有紅、黃、藍色碎花的新洋裝，是她上週以六折價買的。)

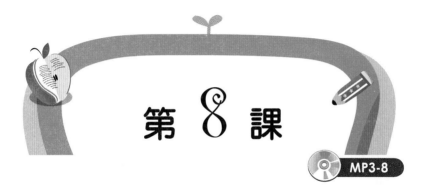

第 8 課

MP3-8

burn out

★ 燃盡;燒完

We need more wood; the fire has **burned out**.

我們需要更多木材;火已經滅了。

★ (燈泡) 燒壞

These new bulbs are guaranteed not to **burn out** for ten

years. 這些新燈泡保證可以用十年不壞。

★ 被火逼趕出來

The only way to get the enemy soldiers out of the tunnels

was to **burn** them **out**.

要將敵軍趕出地道的唯一方法就是放火逼他們出來。

 多學一點點

形容詞片語:**burned-out**(燃料耗盡的;燒完的;(燈泡)

燒壞的;(物) 被燒壞的;被焚毀的)

The **burned-out** rocket landed in the ocean.

燃料用盡的火箭,降落在海上。

I climbed the ladder and unscrewed the **burned-out** bulb. 我爬上梯子，把燒壞的燈泡轉下來。

形容詞片語：**burned out**（感到筋疲力盡；感到精疲力竭）

Teaching those awful students for so many years has left him **burned out**.

這麼多年來教導那群頑劣的學生使得他精疲力竭。

fall over

★（物）倒下；（人）跌倒

That tree has been dead for fifty years, but it still hasn't **fallen over**. 那棵樹已經死了五十年，卻仍沒倒下。

★ 極力討好；曲意奉承

The supervisor **fell** all **over** himself trying to satisfy the customer. 那位主管卯足全力想滿足那個顧客。

fight back

★ 抵抗；反擊

After being accused of corruption, the senator said she would **fight back** and prove her innocence.

被指控貪污後，該參議員表示她會還以顏色，證明自己的清白。

★ 克制；強忍

I had to **fight back** the urge to punch him in the nose.

我必須克制想在他鼻子上揍一拳的衝動。

hear of

★ 聽說；知道

Do I know Fred Smith? No, I've never **heard of** him.

我認不認識弗雷德・史密斯？不認識，我從來沒聽說過這個人。

★ 允許；聽納【通常用否定】

Our daughter wants to fly to Mexico with her boyfriend? I won't **hear of** it!

我們的女兒想和她的男友飛去墨西哥？我不准！

pick out

★ 挑出；揀選

Mike's dog had puppies, and he asked me to **pick** one **out**. 麥克的狗生了小狗，他叫我去挑一隻。

★ 辨認；認出

Even though the class photo was fifty years old, I **picked** my father **out** easily.
雖然那張班級合照已有五十年歷史，我還是很容易地認出了我父親。

ring up

★ 結帳；結算

Well, I guess I'll take this one. Can you **ring** it **up** please?
嗯，我想我要買這一個。你可以幫我結帳嗎？

★ 打電話【英式英語】

If you need a ride, **ring** me **up** when you arrive at the airport. 如果你需要人開車去接你，到機場時打個電話給我。

tear down

★ 拆除（建築物）

They **tore** so many old buildings **down** in my hometown that I barely recognize it.
他們拆掉了我家鄉的許多老舊建築，讓我都快認不出來了。

work in

★ 安插；排入

I told him my schedule was pretty tight, but that I'd try to **work** the meeting **in**.

我告訴他我的行程很緊湊，但是我會設法把會議排進去。

Focus on ★

二字片語動詞 + 另一個質詞 + 受詞

有些二字片語動詞需要再接另一個質詞，然後才能接受詞，例如：

The criminal **broke out**. （犯人脫逃了。）

The criminal **broke out** <u>of</u> prison. （犯人從監獄脫逃了。）

有時候，二字片語動詞的意思不會被後面接上的另一個質詞改變，例如 break out 和 break out of 同樣都是「脫逃」的意思。但有些時候意思會有些微的改變，例如 hang up 是「掛上電話」，hang up on 則是「掛某人電話」。有些片語動詞則只在有兩個受詞時，才需要另一個質詞，例如：

I **hooked up** my new CD player.
（我把我新的 CD 播放機的線路連接起來。）

I **hooked up** my new CD player <u>to</u> my stereo.
（我把我新的 CD 播放機的線路連接到我的音響上。）

二字片語動詞何時必須再加一個質詞，或者加了質詞是否會改變意思，這些都沒有固定規則可循。最理想的學習方法是把每一種情況都記起來。

不要把這種情況和三字片語動詞搞混了。三字片語動詞一定有三個

字，沒有兩個字的版本；或者，即使兩個片語動詞的動詞和第一個質詞相同，但兩者意思不同，亦應視為不同的動詞，例如 put up 是「舉起」的意思，但 put up with 卻是「忍受」的意思，因此應分屬於二字和三字片語動詞。至於前面提到的 break out 和 break out <u>of</u> 意思相同，of 是另加的，因此都同屬於二字片語動詞。

break out

★ 脫逃；逃獄

Bubba **broke out** <u>of</u> prison last month.
巴霸上個月逃獄了。

★ 爆發；突然發生

Millions will be killed if nuclear war **breaks out**.
如果核戰爆發，將會有數百萬人死亡。

catch up

★ 追上；趕上（人、進度等）

After missing several weeks of class, Raquel is so far
behind that she'll never **catch up**.
缺課好幾週之後，拉寇兒落後進度太多，她是永遠趕不上了。

★ 知悉；掌握（訊息等）

I wonder what the latest gossip is. Let's call Michael so we
can **catch up**.
我不曉得最新的八卦是什麼。咱們打電話給麥可了解一下吧。

chicken out

★【口語】臨陣退縮

I was going to ask Heather to go to the dance with me, but
I **chickened out**.
我本來想邀請希瑟和我一起參加舞會，但是我臨陣退縮。

get along

★（與人）處得來；相處愉快

I haven't **gotten along** <u>with</u> my neighbors for years.

我和我的鄰居處不來已經好幾年了。

★（工作等）適應；發展順利

How are you **getting along** in your new job?

你對新工作適應得如何？

give up

★ 放棄

Forget it! This is impossible — I **give up**.

算了！這是不可能的。我放棄。

★ 投降；自首

The suspect got tired of hiding from the police, and he **gave** himself **up**. 該名通緝犯厭倦了躲避警察，於是就自首了。

★ 停止做；戒除

My father didn't **give** sky diving **up** until he was eighty-two.

我父親一直到八十二歲才不再玩高空跳傘。

hang up

★（把物）吊、掛起來

When I get home, the first thing I do is **hang** my coat **up**.

我回家第一件事就是把我的外套掛起來。

★ 掛（人）電話

When he called me a moron, I got so mad I **hung up** <u>on</u> him. 他罵我白癡的時候，我氣得掛他電話。

hook up

★ 連接（線路）；接裝

I bought a new printer, but I haven't **hooked** it **up** yet. 我買了部新的印表機，但是還沒接上去。

★ 【口語】碰頭；見面

You do your shopping, I'll go to the post office, and we'll **hook up** around 2:30, okay? 你去買東西，我去郵局，我們大約兩點半碰頭，如何？

work up

★ 慢慢進展；逐漸達成

You can't lift 200 pounds on your first day of weight training. You have to **work up** <u>to</u> it.

第一天練習舉重是不可能舉起兩百磅的。你必須慢慢增加。

★ 鼓起；激發（勇氣等）

It took me a long time to **work up** the nerve to ask my boss for a raise.

我花了很長的時間才鼓足勇氣要求老闆加薪。

fall off

★ 跌落;掉落

The dish **fell off** the table and broke.

盤子從桌上掉下來摔破了。

★ 降低;衰退;減少

The quality of his work has **fallen off** as he has gotten older. 隨著他年紀漸長,他的工作品質也下降了。

fill in

★ 填寫;填空

Maria **filled in** the job application and gave it to the secretary. 瑪麗亞填寫了應徵工作申請書,然後交給秘書。

★ 告知(人);(向人)說明

Something interesting happened while you were gone. I'll **fill** you **in** later.

你不在的時候發生了有趣的事。我等一下再告訴你。

★ 代替；暫代

She's the star of the show. No on can **fill in** <u>for</u> her.

她是這個節目的主角。無人能取代她。

go ahead

★ 進行；逕行（計劃等）

I've decided to **go ahead** <u>with</u> my plan to reorganize the company. 我已經決定繼續執行我重組公司的計畫。

★ 著手；准許去做

Yes, **go ahead** and leave work early. It's no problem.

好，你走吧，提前下班。沒關係。

grow up

★ 長大；成長

I **grew up** on a small farm in North Dakota.

我是在北達科塔的一個小農場長大的。

 多學一點點

名詞片語：**grown-up**（【口語】大人；成人）

There were children and **grown-ups** at the party.

派對裡有小孩和大人。

★ （叫人）成熟點

You're acting like a boy. Why don't you **grow up**!

你的舉止像個小男孩。你難道不能成熟一點嘛！

hand out

★ 分發；分配（物）

Emergency loan applications were **handed out** to the flood victims. 救急貸款申請表已經發給水災受災戶了。

📝 多學一點點

名詞片語：**handout**（救濟物品；講義；傳單）

Handouts of food and clothing were given to the homeless people. 食物和衣物救濟品已經發給遊民了。

The teacher prepared a **handout** for his students.
那個老師準備講義給他的學生。

---

kick back

★ 給回扣；付佣金

She offered to **kick back** 10 percent if I'd switch to her company. 如果我改與她的公司合作，她會給我一成的回扣。

★【口語】放輕鬆

Let's **kick back** and watch the football game tonight.
咱們今晚放輕鬆看足球賽吧。

lay off

★ 解雇；遣散

Ford **laid off** 20,000 workers during the last recession.
福特汽車在上一次營運衰退期時遣散了兩萬名員工。

 多學一點點

名詞片語：layoff （裁員；解雇）

The company said there wouldn't be any **layoffs**, despite the decline in profits.

公司表示，儘管獲利下滑，還是不會裁員。

★【口語】停止；放過（人）

You've been bugging me all day. If you don't **lay off**, you're going to be sorry.

你已經煩了我一整天。如果你不停，你會後悔的。

★ 棄絕；戒除

Listen to the way you're coughing. You've got to **lay off** cigarettes. 聽聽看你咳成這樣。你得戒煙才行。

screw up

★【口語】弄得一團糟；搞砸；弄壞（事物）

I tried to fix my computer, but I couldn't do it, and I just **screwed** it **up** instead.

我試著修理我的電腦，但就是修不好，反而把它弄壞了。

★【口語】麻煩（某人）；造成困擾

You really **screwed** me **up** when you lost my car keys.

你把我的車鑰匙弄丟，真是把我害慘了。

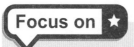

Focus on ★

片語動詞當名詞

　　許多二字片語動詞都可以當名詞使用。有些是在片語動詞中間加上連字號，有些直接合併成一個字。例如：

動詞：go ahead　　名詞：go-ahead（許可；同意）
動詞：lay off　　　名詞：layoff（裁員；解雇）

　　不過，哪些名詞中間必須加連字號，哪些該合併成一個字，並沒有一定的規則可循。有時候兩種都有人用。

MP3-11

back up

★ 後退；往回走；倒車

I put the car in reverse and **backed** it **up**.

我把車子換成倒檔往後退。

★ 倒回；複述

You're going too fast. Can you **back up** a little and explain your plan again?

你說得太快了。你可不可以稍微回頭把你的計畫再解釋一遍？

★（提出佐證）證明；證實

The IRS asked me for some receipts to **back up** my deductions. 國稅局要求我拿出一些收據，作為扣抵證明。

★ 支持；聲援

Linda said she would **back** me **up** if I complained about our supervisor. 琳達說如果我投訴我們的主管，她會聲援我。

★ 做備份；複製

If you're going to install that new software, be sure you **back up** your entire hard disk first.

如果你要灌那個新軟體，務必先將整個硬碟備份。

★ 備用；以備不時之需

The hospital bought a generator to **back up** the unreliable city power supply.

醫院買了一部發電機，以備不可靠的都市供電出狀況。

★ 堵塞；停滯

An accident **backed up** traffic for three miles.

一場意外使得交通回堵三英哩。

 多學一點點

名詞片語：**backup** （支援；後援；備份；堵塞；停滯）

When the rioters grew more violent, the police called for **backup**. 當暴徒們變得愈來愈狂暴時，警方呼叫請求支援。

I keep a **backup** of my important computer files on floppy disks. 我會在磁碟片裡留存重要的電腦檔案備份。

I sat in that **backup** for three hours without moving an inch. 我坐在車陣中三個小時，一點都沒前進。

cut off

★ 切斷；切開

He **cut off** a piece of cheese so that I could taste it.

他切了一片起司讓我品嚐。

★ 斷絕；停止

I won't be surprised if my electricity is **cut off** — I haven't paid the bill in three months.

如果我的電源被切斷我也不會驚訝；我已經三個月沒繳電費了。

★ 突然超車

The lady in the red car tried to **cut** me **off**, but I wouldn't let her get in front me. 駕駛紅色轎車的那位女士試圖超我的車，但是我就是不讓她超到我前面。

★ 切斷（線路等）；斷訊

I was in the middle of an important call when I was **cut off**. 我在講一通重要的電話時，講到一半斷訊了。

★（與人）疏遠；阻絕；隔絕

A flash flood **cut** us **off** from the rest of the expedition. 突來的洪水把我們和探險隊的其他人隔絕了。

drop off

★ 載卸（人、物）

Can you **drop** me **off** at the train station on your way to work? 你去上班的時候可以載我到火車站嗎？

★ 下滑；衰退

Attendance at baseball games has been **dropping off** in the last few years. 看棒球比賽的人數過去幾年來逐漸減少。

★ 陡峭；驟降

The island has no beach at all. The land **drops off** straight into the sea.

這個小島完全沒有海灘。陸地直接垂直入海。

多學一點點

名詞片語：**drop-off** （收受；載卸；下滑；衰退；陡坡；懸崖；峭壁）

The north side of the train station parking lot is for **drop-offs**. 火車站停車場的北側是接送區。

There has been a **drop-off** in traffic deaths thanks to strict drunk driving laws.
多虧嚴格的酒駕法，交通死亡人數已減少了。

The bus driver didn't see the **drop-off**, and the bus plunged into the gorge.
巴士司機沒看到懸崖，車子就衝進了峽谷。

follow up

★ 追蹤；後續確認

The doctor told me I'd need to **follow up** the treatment with physical therapy.
醫師告訴我，我需要做物理治療的追蹤。

 多學一點點

名詞片語：**follow-up**（追縱；後續確認）

The customez service manager made a **follow-up** call to make sure I was happy with the repair job.
客服部經理打了通追縱電話，以確認我對他們的維修工作感到滿意。

take out

★ 取出；攜出（物）

I want to **take** some books **out** of the library tonight.
我今晚想從圖書館借幾本書出來。

 多學一點點

名詞片語：**takeout**（外帶、外送的食物）

I don't feel like cooking tonight. Let's get **takeout**.
我今晚不想煮飯。我們叫外送吧。

★ 刪除；去除

The teacher said my story would be a lot better if I **took**
this part **out** of the third paragraph.
老師說，如果我把第三段的這個部分刪除，我的故事會好很多。

★ 提款

I had to **take** money **out** of my savings account to pay for
my medical bills. 我必須從存款帳戶中提錢支付醫療帳單。

★ 帶（人）出門；招待出遊

Jim **took** his girlfriend **out** last Friday.
吉姆上星期五帶女朋友出去玩。

★【口語】殺死；作掉

The snipers will try to **take out** the kidnapper when he
opens the door. 狙擊手會試著在綁匪開門時取他性命。

try out

★ 試用；試驗（物）

You can **try** it **out** for thirty days without any obligation.

您可以試用三十天，不需負擔任何責任。

★ 試用（人）

The manager agreed to **try** him **out** for a week.

經理同意試用他一個禮拜。

★ 選拔；甄選

A lot of guys will **try out**, but only a handful will make the team.　許多人會去參加甄選，但是只有少數人能加入那個隊伍。

wake up

★ 睡醒；叫醒

Ali is so sleepy in class that the teacher must **wake** him **up** every five minutes.

阿里上課昏昏沉沉的，老師每五分鐘就必須叫醒他一次。

 多學一點點

形容詞片語：**wake-up**（（打電話）叫人起床的）

I asked the desk clerk to give me a **wake-up** call at 7:30.

我請櫃檯人員七點半打電話叫我起床。

★ 覺醒；覺悟

I used to smoke, but when my best friend died of lung cancer, it really **woke** me **up**.

我以前抽煙，但我最好的朋友因肺癌過世，真的讓我覺悟了。

work out

★ 進展；運作

The switch to the new system **worked out** a lot better than anyone expected.

轉換成新系統的過程比大家預期的好很多。

★ 可行；成功

Their marriage didn't **work out**, and they were divorced after six months. 他們的婚姻無法維繫，他們六個月後就離婚了。

★ 合計；總計

The cost of the booze we need for the reception **works out** <u>to</u> more than $1,500.

招待會我們需要的酒類花費總計超過一千五百美元。

★ 計算；解決問題

I've forgotten how to **work out** math problems without a calculator. 我已經忘記沒有計算機要怎麼算數學題目了。

★ 想到辦法

The opposing lawyers **worked out** a compromise. 雙方律師找出了折衷辦法。

★ 做健身運動；鍛鍊身體

Bob **works out** in the gym for two hours every night.

鮑柏每晚在健身房做兩小時健身運動。

多學一點點

名詞片語：workout （健身運動；鍛鍊；考驗；試鍊）

The trainer designed a **workout** for each player on the team. 那個教練為隊上每位選手設計了鍛鍊的方法。

Driving to Alaska sure gave this old truck a **workout**. 開車到阿拉斯加對這輛老舊的卡車而言確實是個考驗。

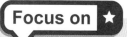

複合名詞中的片語動詞

由片語動詞轉變的名詞可以再和其他名詞組合構成複合名詞。例如：

名詞：backup　　複合名詞：backup disk

名詞：follow-up　複合名詞：follow-up call

正如一般複合名詞，此一類複合名詞中的第一個名詞也具有形容詞的功能。例如：

Q：What kind of clothes?（什麼樣的衣服？）

A：Workout clothes.（運動服。）

MP3-12

back off

★ 走避；退開

Tom **backed off** when he saw that Jake had a gun.

湯姆看到杰克有槍就後退了。

come across

★ 穿過；越過（某處）

As soon as Nicole saw me, she **came across** the room and gave me a big hug.

妮可一看到我，就走過房間來給我一個大大的擁抱。

★ 巧遇；偶見

On the trail, we **came across** some hikers from Australia.

在山路上，我們偶然見過幾位來自澳洲的登山客。

★ 讓人理解、有同感

I was just joking, but I don't think it **came across** like that.

我只是開玩笑，可是別人並不以為然。

come up

★ 過來；向上、向北移動

Why don't you **come up** and see me some time?

你何不找個時間過來看看我？

★ （地位）晉升；走高

I saw Dan driving a Mercedes. He's really **coming up** in the world.

我看到丹開著一輛賓士。他還真是出頭天了。

★ （話題等）被提起；討論

I don't agree with Jim about anything, so if politics **comes up**, I just leave the room.

我和吉姆什麼事都意見不合，所以如果談到政治，我就離開房間。

★ 突然發生

I'm sorry I can't go to your party; something important has **come up**.

抱歉我不能去你的派對；有要緊的事突然發生了。

★ （事物）即將來臨【必須用進行式】

Mother's Day is **coming up**, so I need to buy my mother a gift soon.

母親節即將到來，我必須趕快買件禮物給我媽媽。

fall through

★ 掉入；墜入

The roofer had **fallen through** a hole in the roof.

修理屋頂的工人從屋頂上的一個洞掉了下來。

★ （計劃、安排）失敗；未能實現

The family reunion **fell through** after Dad got sick.

家族聚會在父親生病後就取消了。

put up

★ 置於高處

Put these knives **up** where the baby can't reach them.

把這些刀子放在寶寶搆不到的地方。

★ 張貼；安裝（於牆上）

The teacher had **put** some posters **up** in her new classroom.

老師在她的新教室裡張貼了一些海報。

★ 搭建；裝設

We need to **put up** a fence to keep the rabbits out of our garden.

我們必須搭個籬笆，防止兔子跑進我們的庭園。

★ 豎立；組裝

The circus **put up** their tent outside of town.

馬戲團在鎮外搭起他們的帳棚。

★ 捐款；撥款

The mayor offered to **put up** half the money necessary to build a new stadium for the team.

市長表示願意提撥所需經費的一半，為該球隊興建新體育館。

★ 發動（戰爭、抵抗等）

The union **put up** a fight when the company tried to lay off workers.

公司試圖裁員時，工會發動了抗爭。

★ 留宿；暫時收容

Sam didn't have anywhere else to go after the fire, so I said I would **put** him **up** for a couple of nights.

山姆在發生火災後無處可去，於是我說我會收留他住幾晚。

screw on

★ 栓上；旋上

If you don't **screw** the top of the bottle **on**, the soda pop will go flat.

你如果不把瓶蓋旋上，汽水的泡泡會消掉。

★ 以螺紋接裝

Make sure you **screw** each of the nuts **on** tightly.

你一定要把每個螺絲帽都旋緊。

sign in

★ 簽到；簽名進入

All visitors to the consulate are asked to **sign in**.

所有進入領事館的訪客都被要求簽名。

sign out

★ 簽退；簽名外出

Dr. Wood usually forgets to **sign out** when she leaves the clinic. 伍德醫師離開診所時常常忘記簽退。

★ 簽名借出（物）

The professor **signed** the book **out** of the rare book room.

那位教授簽名從珍善本圖書室借出那本書。

call off

★ 取消（活動等）

The football game was **called off** because of the rain.
足球比賽因雨取消。

close off

★ 封鎖；禁止通行

The police **closed** several streets **off** because of the
parade. 警方因為遊行的關係，封鎖了幾條街道。

hand in

★ 繳交（作業、報告等）

The tests must be **handed in** no later than 11:00.
考卷必須在十一點前交上來。

★ 辭職；遞辭呈

I was so furious that I **handed** my letter of resignation **in**
the next day. 我憤怒極了，於是隔天就遞了辭職信。

★ 交出

The guard was ordered to **hand** his gun **in** after he shot the window washer.

該名警衛射傷了洗窗工之後，被下令交出配槍。

hit on

★ 想到（點子、方法等）

After two years of tests, they finally **hit on** the solution.

經過兩年的測試，他們總算找到了解決辦法。

★【口語】搭訕；勾搭

Let's go somewhere else — Mark keeps **hitting on** me, and I'm tired of it.

我們去別的地方吧。馬克一直糾纏我，我覺得很煩。

leave off

★ 排除在外；漏掉

After what happened at the last party, Dan wasn't surprised that he was **left off** the guest list.

上次派對發生那種事情之後，丹並不意外自己的名字不在賓客名單上。

★（於某處）中斷；打住

Finish your story, Uncle Fred. You **left off** where the giant octopus was about to eat you.

把故事說完，弗雷德叔叔。你說到大章魚就要把你吃掉的地方就打住了。

let off

★ 放下車

The driver **let** her **off** at the corner.

司機讓她在轉角下車。

★ 釋放；放過

It was Jake's first offense, so the judge **let** him **off** with a warning.

那是傑克的初犯，所以法官給予警告後就放了他。

★ 發射（煙火、槍砲等）；發洩（情緒）

The high school was evacuated after someone **let off** a smoke bomb.

在有人施放了一個煙幕彈之後，該所高中就撤空了。

I'm sorry I was angry this morning; I was just **letting off** steam.

抱歉我早上發了脾氣；我只是在發洩情緒。

light up

★ 照亮；點燈

Airport runways are **lit up** so that pilots can see them in the dark.

機場跑道的燈亮了，這樣航員在黑暗中才看得到。

★ 點火；點菸

Lighting a cigarette **up** next to the gasoline truck was the last thing he ever did.

在油罐車旁點菸是他所做的最後一件事。

track down

★ 追蹤到；追查到

The terrorists were **tracked down** by Interpol.

那些恐怖份子被國際刑警組織追查到了。

butt in

★ 插入；介入（談話、行列等）

I was trying to talk to Jim at the party, but Bob kept **butting in**.

我在派對上試著和吉姆說話，但鮑柏卻一直插嘴。

My father taught me that it's not polite to **butt in** line; you have to go to the back and wait your turn.

我父親教我，插隊是不禮貌的；你必須到後面等輪到你。

dress up

★ 盛裝打扮

You should always **dress up** for a job interview.

參加工作面試應該要穿著體面。

★ 裝扮成（某種樣子）

At Jane's costume party, everyone has to **dress up** <u>as</u> a clown.

在珍的化裝舞會上，每個人都必須扮成小丑。

dry up

★ 乾透；弄乾

The sun came out and **dried up** all the rain.

太陽出來把雨水全曬乾了。

★（資源、生意等）枯竭；消退殆盡

The small grocery store's business **dried up** after a huge supermarket opened across the street.

對街一家大型超級市場開幕之後，這家小型雜貨店的生意就變得慘淡。

fill out

★ 填寫（表格、文件等）

The personnel director asked Sofia to **fill out** an application.

該人事主管要求蘇菲亞填寫應徵表格。

fill out 當作「填寫」時，和 fill in 一樣。

★ 增胖；體重增加

Nicole started to **fill out** after she started working at the candy shop.　自從在糖果店工作之後，妮可就開始發胖了。

put away

★ 收好；放回原處

I told you to **put away** your toys before you go outside.

我告訴過你，外出前要把你的玩具收好。

★ 關進（監牢、精神病院等）

Jake was **put away** for ten years after he was convicted of murder. 杰克被判謀殺罪之後，被送進監獄關了十年。

★【口語】大吃；大喝

I don't feel well. I **put away** four hot dogs and a bag of cookies. 我覺得不太舒服。我吃掉四條熱狗和一袋餅乾。

stick up

★（持刀、槍等）搶劫

Call the police! They're **sticking up** the bank.
打電話報警！他們正在搶銀行。

 多學一點點

名詞片語：stickup（持刀、槍等）搶劫

A man wearing a ski mask yelled, "This is a **stickup**!"
一名頭戴滑雪頭罩的男子大叫：「這是搶劫！」

★ 張貼（告示等）

Sam **stuck** a notice **up** about his lost dog.
山姆張貼了一張尋找他失犬的告示。

★ 塞入；插進（窄處）

Mark **stuck** his hand **up** the chimney to try to find the hidden key.
馬克把手伸進煙囪，試著找那支被藏起來的鑰匙。

stick pens up my nose!

★（細長之物）突出；翹起

My hair was **sticking up** in the back after I woke up from my nap. 我午睡醒來後發現後面的頭髮翹起來。

use up

★ 用完；耗盡

I **used up** all the glue; we need to buy more.

我把膠水都用完了；我們必須再買一些。

wind up

★ 上發條

I overslept because I forgot to **wind up** my alarm clock.

我睡過頭了，因為忘記調鬧鐘。

This toy doesn't use batteries; you have to **wind** it **up**.

這個玩具不用電池；你必須給它上發條。

★ 結果；最後變成

If you don't start driving more carefully, you're going to **wind up** dead.

如果你不開始小心一點開車，最後可是會喪命的。

★ 結束（工作、調查等）

The detective **wound up** her investigation and made several arrests.

該警探結束了她的調查，並逮捕了幾個人。

★ 捲繞；纏繞（線、繩等）

That's enough fishing for today. Let's **wind up** our lines
and go home.

今天釣魚釣夠了。我們收線回家吧。

The firefighters **wound up** their fire hoses and went back
to the station.

消防隊員們把消防水帶捲起來，返回消防隊。

第 15 課

MP3-15

blow away

★（被風）吹走；吹散

Don't leave the newspaper outside. The wind will **blow** it **away**. 不要把報紙放在外面。風會把它吹走。

★【口語】擊垮；打敗（對手）

Apple's new computer is so fast it's going to **blow away** the competition. 蘋果公司的新電腦速度非常快，將會擊敗對手。

★【口語】使驚嚇；使訝異；使激動

The first time I saw the Pyramids, they just **blew** me **away**. 我第一次看到金字塔時，為之驚嘆不已。

come through

★ 穿過；通過（空間）

Betty **came through** the door and sat down at our table. 貝蒂走進門，在我們這桌坐了下來。

★ 得到（授權、許可等）；（證件、貸款等）核准

We can buy the house — the loan finally **came through**. 我們可以買房子了，貸款終於下來了。

★ 實現（諾言、計畫等）

The state legislature promised to provide the financing for a new stadium, but they didn't **come through**.

州議會承諾要提供資金蓋新的體育館，但是沒有兌現。

★ 度過（困難、危機等）

Coming through the earthquake alive was a miracle.

歷經地震存活下來真是個奇蹟。

★ （情緒、觀點等）表露；流露

The author's hatred of the dictatorship **came through** in the novel. 該小說中流露著作者對獨裁的深惡痛絕。

dry out

★ 乾透；弄乾

Before you put this tent away, be sure you **dry it out**.

你把這帳棚收起來之前，要確定你把它弄乾了。

fix up

★ 整修；裝潢（房子等）

I am going to **fix** this place **up** and try to sell it.

我打算把這個地方整修一下，然後設法賣掉。

★ 梳妝打扮；精心打扮

If you're going to that fancy restaurant, you'd better **fix yourself up**. 你如果要去那家高級餐廳，最好把自己打扮一下。

★（幫人）安排；打理（事物）

The travel agent **fixed** me **up** <u>with</u> a limo to take me to the resort. 旅遊業者幫我安排了一輛豪華禮車載我到那個度假勝地。

★【口語】安排約會；撮合

Linda and Tom are perfect for each other. I'm going to **fix** them **up**. 琳達和湯姆彼此是絕配。我打算撮合他們。

go with

★ 伴隨；隨之而來

A lot of responsibility **goes with** being a doctor. 當醫生伴隨著重大的責任。

★ 附帶；搭配成套

You can't buy the cup without the saucer that **goes with** it. 你不能只買那個杯子而不買搭配的碟子。

★（服裝）搭配

She needs to find a blouse that **goes with** her new skirt. 她需要找一件和她的新裙子相配的上衣。

★ 同意；順從（人）

We've decided to **go with** the committee's recommendation. 我們決定聽從委員會的建議。

★ 選擇

That gray suit was nice, but I think I'm going to **go with** the black one. 那件灰色的套裝不錯，但我想我要選黑色的那一套。

head back

★ 折返；返回（地點）

We'll spend a month in California and then **head back** <u>to</u> Des Moines. 我們會在加州待一個月，然後返回迪莫因。

head for

★ 前往（某地點）

Tomorrow we're going to leave Des Moines and **head for** California. 明天我們就要離開迪莫因，前往加州。

★ 遭遇；碰到（處境）

If you don't shut your mouth you're **headed for** trouble. 你要是再不閉嘴，就會有麻煩。

tell on

★【口語】告密；告狀

I broke a glass. You're not going to **tell on** me, are you? 我打破了玻璃杯。你不會去告狀，對吧？

MP3-16

believe in

★ 堅信（想法等）

I **believe in** working hard and saving money.

我深信努力工作存錢是對的。

★ 相信（事物存在）

Ned is an atheist; he doesn't **believe in** God.

奈德是無神論者，他不相信上帝的存在。

★ 信任；相信（人）

I don't care what anyone else says, I still **believe in** you.

我不管別人怎麼說，我還是相信你。

carry on

★ 堅持；刻苦延續

You'll have to **carry on** for the sake of the children.

為了孩子你必須撐下去。

★ 持續；繼續做（某事）

She plans to **carry on** <u>with</u> her career after the baby is born. 她計劃在寶寶出生後繼續工作。

★ 攜帶（行李）登機

This suitcase is pretty big. I hope they'll let me **carry** it **on**.

這只行李箱很大，我希望他們會讓我帶上飛機。

 多學一點點

名詞片語：**carry-on** 可攜帶登機之物（行李等）

I'm staying only one night in New York, so all I'll need is a **carry-on** bag.

我只會在紐約待一晚，所以我只需要一個可攜帶登機的旅行袋。

★【口語】不停抱怨

I forgot our anniversary, and she **carried on** all day.

我忘了我們的結婚週年紀念日，結果她唸了一整天。

count on

★ 指望；依賴（人、事物）

I'm **counting on** getting a ride to the airport with Betty.

我期待貝蒂會開車送我到機場。

★ 依靠；仰賴（人、事物）

The governor said that she's **counting on** our support in the next election.　州長說，下一回選舉她就靠我們的支持了。

★ 確信；斷定

Marvin makes a fool of himself at every party. You can **count on** it.　馬文在每個派對上都會出糗。你看著吧。

get through

★ 完成；做完

I have so much homework that I might not **get through** <u>with</u> it until midnight. 我的作業多到可能要到半夜才寫得完。

★ 聯絡上；接通（電話等）

Nancy tried calling Jim last night, but she couldn't **get through**. 南西昨晚試著打電話給吉姆，但是聯絡不上。

★ 使（人）理解；講清楚

I've explained it a hundred times! What do I have to do to **get through** <u>to</u> you?
這我已經解釋了很多次了！我到底該怎麼做才能讓你理解？

★【口語】想通；明白

When are you going to **get it through** your head that our marriage is over? 你何時才會明白我們的婚姻已經結束了？

★ 陪伴熬過；扶持度過

Julia's faith in God was what **got** her **through** the loss of her husband. 茱莉亞對上帝的信仰是支持她度過喪夫之痛的力量。

go for

★【口語】熱衷；喜歡（事物）

Erik really **goes for** scuba diving.
艾瑞克真的很喜歡水肺式潛水。

★ 追求；爭取

The gymnast said she was going to **go for** the gold at the next Olympics.

這名體操選手表示她會在下一屆奧林匹克運動會時爭取金牌。

★ 對某人有利【必須用進行式】

Sam's not especially good at basketball, but he has one thing **going for** him — he's seven feet tall.

山姆籃球打得並不是特別好，但有件事對他有利；他有七呎高。

★ 適用（人、情況）

Betty's really angry about it, and that **goes for** me, too.

貝蒂真的很氣那件事，我也是。

hold off

★ 暫緩；延遲

I **held off** selling our house until our youngest child moved out. 我一直沒把房子賣出去，一直到我們的么兒搬出去。

★ 抵擋；壓制

The champion **held off** the challenger and won the game.

衛冕者壓制住挑戰者，贏得了比賽。

put past

★ 排除（人）做出某事的可能性【只用原形且只出現在否定句中】

Is he capable of murder? Well, I wouldn't **put** killing someone **past** him.

他有能力謀殺嗎？嗯，殺人這種事我認為他是做得出來的。

think about

★ 考慮（做）

The salesman tried to get me to sign the contract, but I said I'd **think about** it.

那個業務員試圖讓我簽下合約，但我說我要考慮考慮。

MP3-17

come over

★ 走過來

When he saw me, he immediately **came over** <u>to</u> my table and said hello. 他一看到我，立刻走到我這桌來打招呼。

★ 造訪；來訪

Jim **comes over** <u>to</u> my house every night.
吉姆每晚都來我家。

★ 跨越；渡過

The ferry **comes over** to this side of the lake every day at 5:30 P.M. 這艘渡船每天下午五點半會過來湖泊這邊。

fall apart

★ 散掉；崩壞

There's no way to fix this thing. It has completely **fallen apart**. 這個東西沒辦法修理。它已經完全散開了。

★（事）失敗

After five difficult years, their marriage totally **fell apart**.
經過五年的煎熬，他們的婚姻完全失敗了。

★ 情緒崩潰；失控

Sally **fell apart** when she heard the tragic news.
莎莉聽到那個惡耗就崩潰了。

Tom was so funny at the party last night that I just **fell apart** laughing.
湯姆昨晚在派對上很搞笑，害我不能控制狂笑不已。

get back at

★ 報仇；報復

John won't forget what you did to him. He'll definitely **get back at** you someday.
約翰不會忘記你對他做了什麼。他哪天一定會報復你的。

go about

★ 著手處理

I have no idea how to **go about** opening a restaurant.
我不曉得要怎麼開餐廳。

grow out of

★（身體）長大而穿不下

I bought Susie's shoes one size too big, but she's quickly **growing out of** them.
我給蘇西買了大一號的鞋子，但是她很快就穿不下了。

★（年齡）長大而不再……

Judy had a big crush on a rock star when she was in high school, but after a while she **grew out of** it. 茱蒂在高中時非常迷戀一位搖滾明星，不過一陣子之後她就沒興趣了。

head into

★ 前進到；進入（某地）

I almost had an accident as I was **heading into** town.
我在進入小鎮的時候差點發生事故。

rip up

★ 撕碎；扯裂

Always **rip up** a check before you put it in the wastebasket.
支票丟進垃圾桶前一定先要撕碎。

wear down

★ 磨損

The feet of thousands of visitors a year have **worn down** the marble steps.
每年成千上萬名觀光客的腳把大理石階都磨平了。

★ 持續施壓；磨盡耐性（使屈服）

He wouldn't tell me the answer, but little by little, I **wore** him **down**.
他不肯告訴我答案，但是我慢慢跟他磨，終於讓他說出來了。

第 18 課

MP3-18

break through

★ 強行通過（牆、障礙等）

The attackers couldn't **break through** the thick walls of the fort. 那些攻擊者無法突破堡壘厚實的城牆。

★ 突破；克服（困難等）

It took three days of negotiation, but we finally **broke through** the deadlock.
協商花了三天的時間，但我們終於突破僵局。

figure on

★ 預期

I didn't **figure on** such cold weather. I wish I'd brought a coat. 我沒想到天氣會這麼冷。真希望我有帶外套。

get off

★ 下交通工具（公車、飛機、火車等）

You can't **get off** the train while it's moving.
火車行駛中不可以下車。

★ 從（某處）下來

You're so lazy. Why don't you **get off** the couch and help me?　你太懶了。你為什麼不離開沙發來幫幫我？

★ 離場；離開（區域）

The referee told the player to **get off** the field.
裁判叫那名球員離開球場。

★ 請假；休假

Pregnant women usually **get** three months **off** with pay.
懷孕婦女通常可以請三個月的給薪假。

★ 下班；收工

Sally said she wouldn't **get off** work until 6:00.
莎莉說她要到六點才能下班。

★ 逃過（重罰）

He killed four people, but he **got off** with only three years in jail.　他殺了四個人，卻僥倖只要坐三年牢。

★ 掛上（電話）

It's late; we'd better **get off** the phone.
時間不早了，我們最好掛電話了。

go beyond

★ 超過

Did you say Jackson's new book is good? I think it **goes beyond** good — it's fantastic!
你說傑克森的新書寫得好？我認為比好還要更好，簡直棒透了！

lift up

★ 舉起；抬起

That rock is too heavy — I can't **lift** it **up**.

那塊石頭太重了，我抬不起來。

line up

★ 排隊；排成一列

People **lined up** to buy Super Bowl tickets.

民眾排隊購買超級盃的票。

★ 對齊；沿⋯⋯排列

If this bolt doesn't **line up** with that hole, the lock won't work. 如果這道門閂沒對準洞口，這個鎖就會鎖不上。

★ 安排（人、事）

I couldn't **line** a clown **up** for Susie's birthday party.

蘇西的生日派對我請不到小丑來。

多學一點點

形容詞片語：**line up** （排隊的；排成一列的；準備好的；安排好的）

The children are **lined up** for attendance.
那些小朋友排好隊準備入場。

Don't worry about the show; everything is **lined up**.
別擔心那場表演，一切都安排好了。

stand around

★ 呆站；站在一旁

I have all this work to do, and you guys just **stand around** watching me.
我有這麼多工作要做，而你們這些人卻只是站在一旁看。

tell apart

★ 分辨；辨別

The twins are identical; no one can **tell** them **apart**.
那對雙胞胎長得一模一樣；沒人能分得出來誰是誰。

片語動詞以及 can、could、will 和 would

　　Can、could、will 和 would 是情態助動詞，或稱為情態動詞。情態動詞在英文裡很重要，但是也很容易弄混淆，因為它們可以表達許多不同的意思。以下複習 can、could、wil 和 would 的基本常見用法：

▶ Can 和 could 的用法

① Could 是 can 的過去式。例如：

I <u>can</u>'t **come over** tonight.（我今晚不能過去。）

I <u>couldn</u>'t **come over** last night.（我昨晚不能過去。）

② Can 和 could 都可用來徵求許可，意思幾乎沒有差別，不過通常 could 被認為是比較禮貌、客氣的。例如：

<u>Can</u> I **think about** it before I make a decision?
（在我做決定之前，我能不能考慮一下？）

<u>Could</u> I **think about** it before I make a decision?
（在我做決定之前，我是否可以考慮一下？）

▶ Will 和 would 的用法

① Would 為 will 的過去式，用來表示過去某時刻的未來。例如：

I didn't buy that nice coat for my son because I knew he <u>would</u> quickly **grow out of** it.
（我沒買那件好外套給我兒子，因為我知道他很快就會穿不下。）

② Would 為 will 的過去式，用來說明過去常做的事情或習慣。例如：

When I worked as a bank guard, I <u>would</u> **stand around** all day doing nothing. （我以前當銀行警衛時，整天沒事幹就只呆站著。）

③ 轉述他人說過的話時，句中的 will 要用 would 代替：

She said she <u>would</u> **get** next Friday **off**. （她說她下星期五會休假。）

用 **can**、**could**、**will** 和 **would** 提出要求

在一般的情況下 can、could、will 和 would 的用法都不一樣，使用正確的情態助動詞是很重要的。但是，這幾個情態助動詞都可以用來提出請求或命令，而且意思幾乎相同。例如：

<u>Can</u> you **get off** the couch? （你能不能不要坐沙發上？）

<u>Could</u> you **get off** the couch? （您是否可以不要坐沙發上？）

<u>Will</u> you **get off** the couch? （你可不可以不要坐在沙發上？）

<u>Would</u> you **get off** the couch? （您是不是可以不要坐沙發上？）

▶ **Can**、**could**、**will** 和 **would** 和 **if** 子句

Can、could、will 和 would 可用在條件句中。所謂「條件」指的是某種情況或狀態，通常會用 if 子句來表示。當這個條件確實可能發生，if 子句中的動詞一般會用現在式。如果這個條件不可能發生，if 子句中的動詞則會採用過去式。

① 當 if 子句中的條件確實可能發生，主要子句用 can，表示真實的能力。例如：

<u>If</u> I have a car, I <u>can</u> **come over**. （如果我有車，我就能過去。）

② 當 if 子句中的條件確實可能發生，主要子句用 will，表示真實的意願或意圖。例如：

<u>If</u> I have a car, I <u>will</u> **come over**. （如果我有車，我就會過去。）

③ 當 if 子句中的條件不可能發生，主要子句中用 could，表示不真實或想像的能力。例如：

<u>If</u> I had a car, I <u>could</u> **come over**.（要是我有車的話，我就能過去了。）

④ 當 if 子句中的條件不可能發生，主要子句中用 would，表示不真實或想像的意願或意圖。例如：

<u>If</u> I had a car, I <u>would</u> **come over**.（要是我有車的話，我就會去了。）

aim at

★（用武器）瞄準

The robber **aimed** the gun right **at** my head.

搶匪把槍直接對準我的頭。

★ 把目標訂在……

The manager said she was **aiming at** a 14 percent increase in sales next year.

那個經理說她的目標是明年營業額要成長百分之十四。

★ 以（某群人）為訴求對象

The candidate's speech was **aimed at** female voters.

該位候選人的演說針對女性選民。

bring back

★（人）帶回；歸還

Sally borrowed my blue sweater and **brought** it **back** yesterday.

莎莉跟我借了一件藍色毛衣，昨天已經還給我了。

★（事物）復返；回復

Many schools are **bringing back** uniforms for children.

許多學校回復讓兒童穿制服。

★ 回憶；回想起

Looking at these old pictures **brought back** wonderful memories.

看著這些舊照片勾起美好的往事。

bring over

★ 帶過來

Linda is going to **bring** her wedding pictures **over** tonight.

琳達今晚會把她的結婚照片帶過來。

cool off

★ 溫度下降；變涼

It was really hot yesterday, but it **cooled off** in the evening.

昨天真的好熱，不過傍晚就變涼了。

★ 將（物）降溫；使（物）變涼

The coffee was really hot, but he put an ice cube in it and it **cooled** right **off**.

那杯咖啡實在很燙，不過他放了一顆冰塊進去，馬上就變涼了。

★（情緒）冷靜下來

Their passion for each other has **cooled off**.

他們對彼此的熱情已經冷卻了。

go back

★ 回去；回到（某地）

That restaurant was terrible. We'll never **go back**.

那家餐廳太差勁了。我們再也不去了。

★ （事）始自；追溯到（某時）

His drug problem **goes back** <u>to</u> his college years.

他嗑藥的毛病從大學時期就開始了。

★ （物）回溯到；產生於（某時）

This table is very valuable. It **goes back** <u>to</u> the 1760s.

這張桌子價值不斐。它是一七六〇年代的東西。

hand over

★ 送交；交還給（人）

I found some money in the street, and I **handed** it **over** <u>to</u> the police. 我在街上撿到了一些錢，我把它交給警方。

★ 交給；移轉給（人）

Mr. Wilson retired and **handed** control of the company **over** <u>to</u> his son.

威爾森先生退休了，他把公司經營權交給自己的兒子。

 多學一點點

名詞片語：**handover** 移交（所有權）；轉讓

The Chinese celebrated Britain's **handover** of Hong Kong. 中國人慶祝英國把香港主權移交給中國。

pull over

★（把車）開到路邊、停在路旁

We're lost. Let's **pull** the car **over** and ask someone for directions.

我們迷路了。我們把車子開到路邊找個人問路吧。

★（警察）使車停靠路邊

Jim was driving on the wrong side of the road, and he got **pulled over** by the state police.

吉姆開車開錯邊，被州警攔下停到路旁。

warm up

★ 溫度上升；變暖

It's cold outside. I hope it **warms up** before the picnic.

外面好冷。我希望野餐前氣溫會回升。

★ 將（物）加熱；使（人、地方）變暖

That soup is cold. You can **warm** it **up** in the microwave.

湯冷了。你可以放到微波爐裡加熱。

★ 暖機；預熱

In the winter, I always let my car **warm up** while I eat breakfast. 冬天時，我都會趁著吃早餐時暖車。

★ 暖身；熱身；預備練習

Before a race, most runners **warm up** with stretching exercises.

比賽開始前，多數賽跑選手都會作伸展運動來熱身。

 多學一點點

形容詞片語：**warmed up**（溫過的；暖過的；（機器等）
預熱過的）

Give the baby the bottle with the flowers on it; it's
warmed up.

把上面有花朵圖案的奶瓶給寶寶；那瓶已經溫過了。

名詞片語：**warm-up**（暖身運動；暖身；熱身；暖場）

The runners go to the stadium early so they would have
time for a **warm-up**.

賽跑選手提早到體育館，這樣他們就會有時間作暖身運動。

end up

★ 結果變成……；以……收場

A hurricane was approaching Florida, so we **ended up** coming home from our vacation early.

有一個颶風朝著佛羅里達州而來，所以我們最後提早結束假期返家。

★ 結果來到（某地）

The taxi driver didn't understand me, and we **ended up** in Newark instead of New York.

計程車司機聽不懂我說的話，結果我們跑到了紐澤克，而不是紐約。

go around

★ 繞行；環繞

It took seven days to **go around** the island.
環島要花七天的時間。

★ 轉彎；繞過（某物）

There was some broken glass in the street, but I **went around** it.　街道上有一些碎玻璃，但是我繞過去了。

★（物）旋轉；轉動

The children have to stay
on the merry-go-round until
it stops **going around**.
小朋友們必須待在旋轉木馬上，
直到它停止旋轉。

★ 探視；走訪（某地）

The president **went
around** the state giving
the same speech at every stop.
總統探訪全國各地，在每一站發表相同的演說。

★ 到處走動

I was so embarrassed — I **went around** all day with my
zipper open. 我真糗，拉鍊沒拉，還到處跑了一整天。

★ 四處活動（干擾他人）

The new manager **goes around** telling everyone how to
do their jobs. 新來的經理到處教每個人怎麼做事。

★（事物）流傳；散佈

A rumor **went around** that the plant was going to close.
有謠言四處流傳說工廠快倒閉了。

★（物）足夠分配

There wasn't enough food to **go around**, and some of the
famine victims got nothing.
食物不夠分配，有些飢荒的災民什麼都沒拿到。

go off

★（槍砲）走火；爆炸；

The terrorists were killed when the bomb **went off** accidentally. 那枚炸彈意外爆炸，造成恐怖份子死亡。

★（鬧鐘）響起

I was late for work because my alarm clock didn't **go off**. 我上班遲到因為鬧鐘沒響。

★（電力等）中斷運作；熄滅

The electricity **went off** at 8:30 last night. 昨晚八點半時停電了。

★ 出門；走開

Mark **went off** not realizing he had left his wallet at home. 馬克不曉得他把錢包忘在家裡就出門了。

★（事）進行；進展

The invasion didn't **go off** the way the general planned it. 侵略行動並沒有照著將軍計劃的那樣進展。

★（道路）分歧；岔開

This trail that **goes off** to the left will take you to the campground. 步道左邊的岔路可以引領你到營地。

go on

★（電源等）啓動運作

A thermostat makes the air conditioner **go on** if it gets above a certain temperature.

恆溫器會讓冷氣機在氣溫到達某個溫度以上時啓動電源。

★（事）發生

Tell me what **went on** at the party last night.

告訴我昨晚的派對發生了些什麼事。

★（人）繼續（做某事）

I asked her to be quiet, but she **went** right **on** singing.

我請她安靜，但是她竟然還是繼續唱歌。

★（活動）持續進行

The party **went on** until dawn.

派對一直進行到天亮。

★（以……為依據）繼續調查、處理

The detective said he needs more to **go on** and asked the public for information.

那名警探說他需要更多證據，於是向民眾打聽消息。

★ 進行（節食）

I have to **go on** a diet; my high school reunion is in two months. 我必須節食；我的高中同學會兩個月之後就要舉行了。

★ 去做

Oh, **go on** — don't be afraid.

噢，去做吧，不用怕。

hang around

★【口語】閒晃；閒逛

I had to **hang around** for three hours waiting for the bus.

為了等公車我不得不閒逛了三個鐘頭。

★【口語】留下

Do you have to go or can you **hang around** for a while?

你必須離開，還是可以多待一會兒？

★【口語】長時間（與人）相處；長時間待在（某處）

Erik's mother is worried. She doesn't like the guys he's **hanging around** <u>with</u>.

艾瑞克的母親很擔心。她不喜歡常和他在一起的那些人。

lie around

★ 放鬆休息；閒散

Today is my day off, so don't ask me to do any work. I'm just going to **lie around**.

今天我休假，所以別叫我做任何工作。我只打算放鬆休息一天。

★（物）任意堆放【必須用進行式】

We need to do something about all that junk **lying around** in the backyard. 我們必須處理一下堆放在後院的那堆垃圾。

start out

★ 開始；原本

The stock market **started out** in positive territory but closed 200 points lower. 股市開盤時走高，收盤卻跌了兩百點。

stay up

★（物、人）留在高處

That shelf won't **stay up** if you put all those books on it. 如果你把所有的書都放上去，那個書架會撐不住。

★ 熬夜

Don't **stay up** late — tomorrow's a school day. 不要熬到太晚，明天還要上學。

look around

★ 回頭看；環顧四周

I heard a sound, and I **looked around** to see who it was.
我聽到有聲音，便回頭看是誰。

★ 四處看看

You should **look around** before you decide whether you want to buy the house.
在你決定要不要買那棟房子之前，應該四處看一下。

look over

★ 檢查；檢視【通常動詞和質詞須分離】

He ought to **look** the car **over** before he buys it.
他在買那輛車之前應該先檢查一下。

pick on

★ 欺負；揶揄挑剔（人）；挑毛病

The teacher never criticizes anyone else — she **picks** only **on** me. 那個老師從不批評任何人，但她專挑我毛病。

settle down

★ 鎮定下來；冷靜

Can't you **settle** the children **down**? All that noise is
driving me crazy.

你不能讓這些小孩安靜下來嗎？這麼大聲吵鬧快把我逼瘋了。

★（紛爭、暴動等）平息下來；平息（紛爭、暴動等）

Rioting and arson continued for three days before the area
settled down. 在該地區平靜下來前，暴動和縱火持續了三天。

★（人）安頓；成家

My son is forty-one. I wish he'd **settle down** and raise a
family. 我兒子四十一歲了。我希望他安頓下來成家。

step on

★ 踩到（某物）

Sam **stepped on** a cockroach.

山姆踩到一隻蟑螂。

★【口語】踩油門；開快點

Hank needed to get to the airport in fifteen minutes, so he told the taxi driver to **step on** it.

漢克必須在十五分鐘內趕到機場，所以他叫計程車司機開快點。

take out on

★ 對（人）出氣；找（人）發洩

If you're mad at your boss, you shouldn't **take** it **out on** your wife.

如果你是生老闆的氣，就不應該把怒氣發洩到你妻子頭上。

think ahead

★ 事先設想；事前計畫

When we're out camping, there won't be any stores around if you forget something, so **think ahead**.

我們在外面露營時，如果你忘記帶什麼，附近可沒有任何商店，所以要先做好計劃。

zip up

★ 把拉鍊拉上

It's freezing outside — **zip** your coat **up**.

外面冷死了，把你外套的拉鍊拉上。

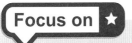

片語動詞與 should 和 ought to

英文中的 should 和 ought to 有兩個重要的意義，學生通常對前者比較熟悉，對後者較陌生。

▶ 表示「好的想法、建議」：**should 和 ought to**

Should 和 ought to 可以用來指「某人做某事是一個好主意，因為那件事對那個人有益」。例如：

You <u>should</u> / <u>ought to</u> **zip up** your coat. （你應該把外套的拉鍊拉上。）

或用來指「某人被期待去做某事，雖然不見得非做不可」，例如：

You <u>should</u> / <u>ought to</u> **bring in** the groceries for your mother.
（你應該幫你媽媽把採買的東西拿進來。）

雖然 should 和 ought to 都是情態助動詞，不過 ought 一定要和 to 連用。換句話說，ought 不等於 should ，ought to 才是。但是千萬不能說 should to。

▶ 表示「很可能」：**should 和 ought to**

Should 和 ought to 可以用來指「某事很可能、百分之九十會發生」；也就是說，如果一切正常，應該會像預期或計劃地那樣，會有某種情況存在，或會發生某件事。例如：

The rebel territory <u>should</u> / <u>ought to</u> **settle down** once winter comes. （一旦冬天來臨，叛亂地區應該就會安定下來。）

在上面的例句中，should 和 ought to 都可以用，而且意思相同。但是，**在疑問句中只能用 should**，例如：

（○）<u>Should</u> Tom **zip up** his jacket? （湯姆應該把外套的拉鍊拉上嗎？）

（✕）<u>Ought</u> Tom <u>to</u> **zip up** his jacket?

而且否定句中只能用 **should not** 或 **shouldn't**，例如：

（○）Tom <u>should</u> not **zip up** his jacket.（湯姆不應該把外套的拉鍊拉
　　上。）

（✕）Tom <u>ought not to</u> **zip up** his jacket.

此外，表示「某事不太可能」時要用 **should not**（或
shouldn't），意思是「某事很不可能、百分之九十不會發生」。也就是
說，如果一切正常，應該會像預期或計劃地那樣，不會有某種情況，或
不會發生某件事，例如：

I set the thermostat at sixty-five degrees, and I'm sure it won't get
below seventy tonight, so the heat <u>shouldn't</u> **go on**.
（我把恆溫器的溫度設定在六十五度，而我確定今晚氣溫不會低於七十度，
所以暖氣應該不會啟動。）

MP3-22

burn up

★ 燒完；燃盡；焚毀

The rocker's fuel will **burn up** after only forty seconds.

這火箭的燃料會在僅僅四十秒後就燒盡。

★ 將（物）燒完、燃盡

There's no more coal. We **burned** it all **up**.

沒有煤了。我們全都燒完了。

★【口語】激怒

It really **burns** me **up** when other people take credit for my work.

當別人因我的成果受褒獎時，真的會讓我怒火中燒。

clear up

★（問題、誤會）解決、澄清；（疾病）痊癒

My rash is **clearing up** by itself. I don't need to go to the doctor. 我的疹子正自行痊癒中。我不需要看醫生。

★ 釐清（問題、誤會）；治癒（疾病）

Everyone was confused about the new policy, so a memo was issued that **cleared** everything **up**.

大家都搞不清楚那項新政策，所以就發了一份備忘錄釐清整件事。

★ 放晴

Unless it **clears up**, we'll have to cancel the picnic.

除非天氣放晴，否則我們必須取消野餐。

count up

★ 合計；加總

Count the money **up** and tell me what the total is.

把這些錢算一算，然後告訴我總金額是多少。

eat up

★ 吃光（食物）

There's no more pizza; David **ate** it all **up**.

沒有比薩了；大衛把它全吃光了。

★（金錢、時間）耗盡；用光

I'm broke. Fixing my car last week **ate up** my entire paycheck. 我破產了。上星期修車用光了我所有的薪水。

heat up

★ 加熱；變熱

Sometimes the sun **heats up** the desert to 120 degrees.

有時候太陽會使沙漠熱到 120 度。

pay up

★ 付清；還清

I wasn't surprised when the insurance company refused to
pay up. 我並不意外那家保險公司拒絕付錢。

plug up

★ 塞住；堵塞

Don't pour bacon grease in the
sink; it'll **plug up** the drain.
別把培根的油脂倒進水槽，會堵住
排水管。

wipe up

★ 擦乾；抹乾

You'd better **wipe up** the water on the bathroom floor
before someone falls.
你最好把浴室地板的水抹乾，才不會有人跌倒。

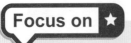

質詞 up 和 副詞 right 及 all

　　許多片語動詞都會用到質詞 up，用來表示「徹底地」、「完全地」。例如：

The building **burned**.【The building was damaged but not destroyed.】（該棟建築物起火燃燒。）【建築物受損，但沒有被燒毀。】

The building **burned** up.【The building was completely destroyed.】（該棟建築物燒得精光。）【建築物完全燒毀。】

　　right 在片語動詞中經常和 up 一起使用，表示動作的發生不但是「徹底地」、「完全地」，而且是「很快地」。例如：

They **ate** it **up**.【They ate all the food.】
（他們把它吃光了）【他們把所有的食物都吃了。】

They **ate** it <u>right</u> **up**.【They ate all the food, and they ate it quickly.】
（他們一下子就把它吃光了。）【他們把所有的食物都吃了，而且吃得很快。】

　　要記得 right 只能在動詞和質詞 up 被受詞分離時才能用。例如：

（○）They **ate** the pizza <u>right</u> up.（他們一下子就把披薩吃光了。）
（×）They **ate** right up the pizza.

　　雖然 up 可用來表示「徹底地」、「完全地」，但是由有 up 的片語動詞所衍生出來的形容詞，有時會在前面加上 all 來加強語氣。例如：

My taxes are <u>all</u> **paid up**.（我的稅全都繳清了。）

The drain is <u>all</u> **plugged up**.（排水管完全堵死了。）

crack down

★ 嚴辦；採取嚴厲措施

The chief police said he was going to **crack down** <u>on</u> car theft. 該警察局長表示，他將嚴加查緝汽車竊盜案。

cut down

★ 砍伐；鋸倒

The builder was criticized for **cutting down** so many trees when he built the house.

那個建商在蓋房子時砍掉許多樹，因而飽受批評。

★ 挫人志氣；滅人威風【動詞與質詞必須分離】

I'm tired of that jerk. I'm going to **cut** him **down** to size.

我受夠那個混蛋了。我要挫挫他的銳氣。

★ 減量

My doctor said **cutting down** <u>on</u> fat in my diet would lower my cholesterol.

我的醫生說減少我飲食中的油脂就可以降低我的膽固醇。

drop out

★ 退出；除名

Linda's father was very disappointed when she **dropped out** <u>of</u> college. 琳達從大學退學時，她的爸爸很失望。

 多學一點點

名詞片語：**dropout**（退學生；中輟生）

Many successful people are college **dropouts**.
許多成功人士是大學的中輟生。

get away

★ 逃走；逃離

When he took the knife out of his pocket, I **got away** <u>from</u> him fast. 在他從口袋裡掏出刀子時，我就趕緊逃離了。

★ 躲過；得逞

Jake has been cheating on his taxes for years, and he always **gets away** <u>with</u> it. 杰克不實報稅多年，一直沒被抓到。

★ 離開（人、地）

I'm tired of this town. I need to **get away**.
我厭倦了這個城市。我需要離開。

★ 離開（工作）去度假

I have a lot of work to do, but I'll try to **get away** for a week or two. 我有好多工作要做，但我會想辦法出去玩一、兩個禮拜。

make up

★ 捏造；虛構

My son asked me to **make up** a story about monsters.

我兒子要我編一個怪物的故事。

★ 構成；組成【通常用被動式】

Children under fifteen **make up** 50 percent of the population. 十五歲以下的兒童佔總人口的百分之五十。

★ 下定決心；決定（做⋯⋯）

I like both the blue dress and the red dress. I can't **make up** my mind. 藍色和紅色洋裝我兩件都喜歡。我無法下決定。

My daughter still hasn't **made up** her mind about which college to attend. 我的女兒還沒決定要上哪所大學。

★ 湊齊；補足（餘額、損失等）

I didn't have enough saved to pay for college, but my Uncle Fred **made up** the difference.

我的存款不夠付大學學費，但是我舅舅弗雷德把差額湊齊了。

★ 補做某事（補考、補課等）

The teacher told her she could **make** it **up** tomorrow after school. 老師告訴她可以明天下課後補考。

★ 化妝；打扮【名詞和形容詞較動
詞本身常用】

She **made** herself **up** and
went to the party.
她梳妝打扮之後去參加派對。

多學一點點

名詞片語：**make-up**（化妝；化妝品）

Heather's father thinks she wears too much **make-up**.
海瑟的父親認為她的妝太濃了。

形容詞片語：**made-up**（上妝的；打扮好的）

Did you see Lydia? She's really beautiful when she's all
made-up. 你看到莉迪亞了嗎？她整個化好妝後真的很漂亮。

★ 和解；復合

Sally and Jim had a big fight, but they **made up** the next
day. 莎莉和吉姆大吵了一架，不過隔天就合好了。

hold out

★ 伸出手

Maybe Mr. Young is mad at me. I **held out** my hand, but he didn't shake it.

也許楊先生在生我的氣。我伸出了手，但是他沒有跟我握。

★ 足夠維持；支撐

This is all the money I have, so it has to **hold out** until I get paid again.

這是我所有的錢，所以這些錢必須撐到我下次領薪水。

★ 抵抗；把持住

I haven't had a cigarette in three days, and I don't know how much longer I can **hold out**.

我已經三天沒抽煙了，但我不知道自己還能把持多久。

★ 堅持（要……）；拒絕妥協

The basketball player is **holding out** for a million dollars a game. 這名籃球選手堅持打一場球賽要一百萬美金。

stay out

★ 待在外面（不回家）

I **stayed out** late last night, and I'm really exhausted.

我昨晚在外面待到很晚，真是累死了。

★ 不靠近（地方）；保持距離

Your father's busy cooking dinner, so **stay out** of the kitchen. 你父親正忙著煮晚餐，所以別靠近廚房。

★ 不介入（紛爭、打鬥等）；不插手

This fight doesn't involve you, so stay out.

這場紛爭和你無關，所以你別插手。

watch out

★ 留意；小心

Watch out when you're crossing a busy street.

穿越繁忙的街道時要小心一點。

MP3-24

come down

★ 下去；向下、向南移動

My friend from Canada **comes down** to visit us in New Mexico once in a while.

我住加拿大的朋友偶爾會南下到新墨西哥州來看我們。

★ 潦倒；落魄

Mark used to be so successful, but now he has so many problems. He has really **come down** in life.

馬克以前很成功，但是他現在有很多問題。他真的潦倒了。

★ 降低（金額）

I won't buy her car unless she **comes down** <u>to</u> $12,000.

我不會買她的車，除非她把價格降到一萬二千美元。

let up

★ 趨緩；放寬

Mike's parents are very strict with him. He's only a boy. They should **let up** <u>on</u> him.

麥克的父母對他很嚴格。他只是個小男孩，他們應該對他寬鬆一點。

print out

★ 列印出來

After I finished writing my letter, I **printed** it **out** and signed it.

我寫完信以後，把它印出來並簽上名字。

 多學一點點

名詞片語：**printout**（列印的文件）

I put the **printout** of the October sales report on the sales manager's desk.

我把列印出來的十月份銷售報告放在業務經理的桌上。

shake up

★ 衝擊；撼動

I was really **shaken up** when I learned that my uncle had been killed.

當我得知我舅舅被殺害時，我真的很震驚。

★ 搖混

You have to **shake up** Italian dressing before you open the bottle.

你必須先把義式調味料搖勻再打開瓶子。

★ 整頓

People are getting a little lazy around here. It's time to **shake** things **up**.

這裡的人變得有點懶散了。該是整頓的時候了。

show off

★ 賣弄；炫燿

The boy was **showing off** by riding his bicycle with no hands when he fell and hurt himself.

那個男孩賣弄他可以放手騎車，結果跌倒受了傷。

slow down

★ 減速；放慢

I was driving pretty fast, but I **slowed down** after I saw the police car.

我本來車開得很快，但是看到警車後就減速了。

stop over

★ 中途（短暫）停留

Stopping over in Dubai on the way to Bangkok wasn't any fun — we couldn't even leave the airport.

飛往曼谷途中在杜拜短暫停留根本沒什麼意思，我們連機場都不能出。

★ （短暫）造訪；拜訪

Would you like to **stop over** after dinner and see our vacation pictures?

晚餐後你要不要過來，看看我們度假的照片？

trade in

★ 折抵；折換

We'll get a good price on our new photocopier if we **trade in** our old one.

如果我們拿舊的去折換，就可以用優惠價格買到新的影印機。

MP3-25

do with

★ 與某事相關【只能用不定詞形式】

Don't blame me for what happened; I had nothing to **do with** it. 發生了那種事別怪我,我和它一點關係也沒有。

have on

★ 穿戴著

I didn't **have** a raincoat **on**, and I got all wet.
我沒有穿雨衣,結果全身都濕透了。

★ 開著（電器）

Last summer was so cool that we **had** the air conditioner **on** only two or three times.
去年夏天好涼爽,我們只開過兩、三次冷氣。

hurry up

★ 趕快；急忙

If we don't **hurry up**, we're going to miss the beginning of the movie. 如果我們不快點,就會錯過電影的開頭。

★ 加快（事）；催促（人）

There were only five minutes left to finish the test, so the teacher **hurried** the students **up**.

只剩五分鐘把考卷做完，所以老師催促學生趕快作答。

knock over

★（將人）震倒；（將物）撞倒

The children were playing, and they **knocked** the lamp **over**. 那些小朋友在玩耍，結果把燈撞倒了。

lighten up

★【口語】緩和；（對人）放鬆

You're awfully hard on your daughter. Maybe you ought to **lighten up** on her. 你對你的女兒太嚴厲了。或許你應該對她鬆一點。

★ 使（事）輕鬆起來

Lighten it **up** — you've been talking about death and taxes all night. 聊點愉快一點的事吧，你一整晚都在談死亡和稅務。

plan ahead

★ 事先計劃；事先設想

Janice is a good manager. She always **plans ahead** in case there's a problem.

詹妮絲是個好經理。她總是事先規畫，以防有問題發生。

settle for

★ 勉強接受；遷就

The strikers wanted an 8 percent pay increase, but they **settled for** 5 percent.

罷工者原本希望薪水調漲百分之八，但是最後勉強接受百分之五。

think up

★ 想出（辦法、點子等）

I have to **think up** a way to solve this problem.

我必須想出解決這個問題的辦法。

Focus on ★

片語動詞和 have to、have got to 及 must

Have to 和 have got to 的意思完全一樣，兩者也同樣常用，而且都是標準的英文用法。但他們的形式並不相同，尤其是在疑問句和否定句中：

直述句：

You <u>have</u> to **come down**. （你必須下來。）
You've <u>got</u> to **come down**.

疑問句：

Do you <u>have</u> to **come down**? （你必須下來嗎？）
<u>Have</u> you <u>got</u> to **come down**?

否定句：

You don't <u>have</u> to **come down**. （你不必下來。）
You <u>haven't</u> <u>got</u> to **come down**.

▶ 表示「要求、必要條件」

Have to、have got to 和 must 三者都可以用來表示某件事是「必須的」、「必要的」、「強制的」，沒有其他的選擇。例如：

You <u>have</u> to **make up** the test. （你必須補考。）
You've <u>got</u> to **make up** the test.
You <u>must</u> **make up** the test.

雖然大部分的學生在學習初期就會學到這個用法，但事實上 must 較少這樣用，have to 和 have got to 則常見得多。

▶表示「幾乎確定」

Have to、have got to 和 must 的另一個重要用法，是用來表示某件事「百分之九十九確定」，即，基於事實和一些可見、已知的線索，無法推論出其他的可能。換句話說，我們有百分之九十九的把握，只缺最後百分之一的確認。例如：

Janice, you have been working for 12 hours without a break. You <u>have</u> <u>to</u> be tired.
（詹妮絲，妳已經連續工作超過十二小時沒休息，妳一定累了。）
【這是合理推論，但是要等詹妮絲證實自己很累才能百分之百確定。】

I would never take that book out of this room. It<u>'s</u> <u>got to</u> be here somewhere.
（我是不會把那本書帶出這個房間的。它一定在這裡的某個地方。）
【這是合理推論，但是要等找到書才能百分之百確定。】

That man is from Japan. I've never spoken with him, but he <u>must</u> speak Japanese.
（那個人來自日本。我沒和他說過話，但他一定操日語。）
【這是合理推論，但是要等聽到那個人說日語才能百分之百確定。】

以這種用法來說，must 比較常見。如果使用 have to 和 have got to 則較有強調的意味，具有較誇張的效果。例如：

Mark <u>has</u> <u>to</u> be the biggest idiot in the entire world.
（馬克肯定是全世界最笨的大白癡。）

Where is Lydia? She<u>'s</u> <u>got to</u> be here somewhere.
（莉迪亞到哪兒去了？她人肯定在這附近。）

get together

★（人）聚在一起；合好

If you're not busy tomorrow night, would you like to **get together**?

如果你明天晚上不忙的話，要不要聚一聚？

★ 收齊；集中（物）

Linda **got** all her tax records **together** to show to her accountant.

琳達把她所有的稅單收齊好給她的會計看。

★【口語】調整、控制情緒

Bob was very upset before the party, but he **got** it **together** before the guests came.

鮑柏在派對開始前心情很煩亂，但他在賓客來之前做了調整。

go over

★ 去到（某地）

I'm busy. **Go over** there and stop bothering me.

我很忙。去那邊，別煩我。

★ 拜訪；去別人家

Have you **gone over** <u>to</u> Nicole's house to see her new baby yet?

你去過妮可家看她新生的寶寶了嗎？

★ 仔細閱讀；複習

The actor **went over** his lines before the audition.

那位演員在試鏡前複習他的台詞。

★ 詳細說明

Before the trial, Hank's lawyer **went over** what he wanted Hank to say.

在審判前，漢克的律師詳細說明了他要漢克說什麼。

★ 被接受；受歡迎

Senator Dolittle's plan to raise taxes didn't **go over** with the voters.

參議員杜立德的增稅計劃得不到選民的支持。

go up

★ 向上、向北移動

I spend the winters in Mexico, and **go up** to my home in Ohio in the summer.

我冬天在墨西哥度過，夏天則北上回到我在俄亥俄州的家。

★ 提高；增加

The price of gas hasn't **gone up** in two years.

石油價格已經兩年沒漲了。

★（時間表、計劃）到（某時、日）為止

The teacher gave the students a syllabus that **went up** <u>to</u> the midterm.

老師發給學生到期中考前的課程大綱。

★（向北、上）延伸到（某地）

This trail **went up** <u>to</u> the base camp at the foot of the mountain.　這條路一直通到山腳下的基地營。

★ 走近（人）

There's Sarah. **Go up** and introduce yourself.

莎拉在那裡。上前去跟她自我介紹。

let in on

★ 向（某人）透漏、洩密

I'm going to **let** you **in on** something not many people know about me.

我要跟你透露我不為許多人知的事情。

open up

★ 打開；揭開（物）

Sofia **opened** the box **up** and looked inside.

蘇菲亞打開盒子，往裡面瞧。

★ 開門；開店

The manager was late and didn't **open up** the store until 10:30.

那個經理遲到了，直到十點半才開店。

★ 開幕;開業

I was driving through town, and I noticed that a new
bookstore has **opened up** on Maple Street.

我開車經過城裡,注意到梅普街上有家新書店開幕。

put together

★ 組裝;組合(物)

Sally got a bicycle for her birthday, and her father **put** it
together after dinner.

莎莉生日得到一輛腳踏車,她爸爸在晚餐後把它組裝起來。

★ 匯整(想法、資料等)

I have an interesting idea for a new business, and I'm
putting together a proposal.

我有個創業的有趣點子,我正在整理成一個提案。

★ 合併;湊在一起

When you plan your dinner party seating arrangement,
put Heather and Jimmy **together**.

你在規畫晚餐聚會的座位安排時,把海瑟和吉米排在一起。

shut off

★ 關閉;關掉(電源等)

Timmy's mother told him to **shut off** the TV and go to bed.

堤米的母親叫他關掉電視上床睡覺。

start up

★ 開動；啓動（電力、機械等）

My car's engine died at a red light, and it wouldn't **start up** again.

我汽車的引擎在等紅燈的時候熄火，然後就發不動了。

★ 開創；創辦（公司等）

You should have a detailed business plan before **starting** a business **up**.

在創業之前，你應該要有詳盡的營運計劃。

Focus on ★

質詞是 off 的片語動詞

　　許多片語動詞都用到質詞 off，來表示某物「被分開」或「被移除」。例如：

The cup handle **broke**.

（杯子的把手裂了。）

【把手雖然破裂，但仍然與杯身連在一起。】

The cup handle **broke off.**

（杯子的把手斷掉了。）

【把手已經不再與杯身相連。】

bite off

★ 咬下；貪多（嚼不爛）

The lion **bit off** a huge piece of the zebra's flesh.
那隻獅子咬下那隻斑馬的一大塊肉。

break off

★ 斷掉；弄斷；折斷

Jim **broke off** a piece of chocolate and gave it to his
girlfriend. 吉姆掰下一塊巧克力給他的女朋友。

★ 斷絕（關係、聯絡等）

The two countries **broke off** relations with each other.
那兩個國家彼此斷交。

dry off

★ 變乾；弄乾

It rained for only a few minutes, so the streets **dried off**
quickly. 雨只下了幾分鐘，所以街道很快就乾了。

knock off

★ 撞落；打落

Susie **knocked** a glass **off** the table and broke it.
蘇西把杯子撞落桌子，摔破了。

★【口語】收工；下班

I quit working at 5:00 last night, but Sean didn't **knock off**
until 8:30. 我昨天晚上五點就不做了，但尚恩到八點才收工。

★【口語】停止胡鬧；別再說了

If you don't **knock** it **off**, you'll be sorry.

如果你不停止胡鬧，你會後悔的。

★ 迅速完成（物）

The artist **knocked off** a quick sketch and gave it to the
waiter. 那位藝術家很快畫好一張速描，送給那個服務生。

★【口語】做掉（人）；殺掉

Jake was sent to prison for **knocking off** his brother-in-
law. 杰克因為殺了他的小舅子而入獄。

tear off

★ 撕下；扯下

I **tore off** a coupon for frozen pizza at the supermarket.

我在超市撕下一張冷凍披薩的折價券。

wash off

★ 洗淨；洗掉（污垢等）

Mike **washed** the dirt **off** his car.

麥克把他車上的污垢洗掉。

wear off

★ 磨損；剝落

You could see the wood where the paint had **worn off**.

你可以在油漆剝落的地方看得到木頭。

★（藥效等）消退；減弱

The wounded soldier was in great pain after the morphine **wore off**. 在嗎啡的藥效退了之後，那名傷兵痛苦萬分。

★（情緒等）漸趨平緩；淡化

After the shock of getting fired **wore off**, I started to get angry. 被解雇的衝擊逐漸平復之後，我開始感到憤怒。

wipe off

★ 擦乾；抹淨；抹去

Wipe the food **off** your face.
把你臉上的食物擦掉。

美國人 365 天都在用的英文片語

第 28 課

beef up

★ 加強、提昇（戒備、措施等）

After the terrorist attack, security was **beefed up** at the embassy. 在恐怖攻擊之後，大使館的戒備加強了。

break up

★ 拉開（人）；勸架

Two students were fighting, and the teacher **broke** them **up**. 兩名學生在打架，老師把他們拉開。

★ 解散；驅散

The meeting should **break up** around 3:00.
會議應該在三點左右散會。

★（人）分手；拆散

I was sad to hear that Jim and Nancy had **broken up**.
聽說吉姆和南西分手了我覺得很難過。

✐ 多學一點點

名詞片語：**breakup** （分手）

Nancy is very upset about the **breakup**.
南西對分手的事感到非常難過。

★（物）解體；弄成小塊

The meteor **broke up** when it entered Earth's atmosphere.
那個隕石在進入地球大氣層時解體了。

★ 打斷某時間（調劑調劑）

My day was **broken up** by a going-away party for one of
my coworkers. 我一天的工作因一位同事的歡送會而暫歇。

call back

★ 回覆（某人）電話

Janice left a message asking me to **call** her **back**.
詹妮絲留話要我回她電話。

★ 叫（某人）回來；召回

I remembered something after she walked away, and I
called her **back**. 她走開之後我想起了某件事，於是把她叫回來。

call up

★ 打電話（給某人）

Nicole **called** me **up** and asked me to come to her party.
妮可打電話給我，邀請我參加她的派對。

carry out

★ 執行；實行（計畫、任務等）

The boss was furious because his orders hadn't been
carried out. 老闆氣壞了，因為他的命令沒被貫徹。

★ 搬出去；拿出去

It took four guys to **carry** the pool table **out**.
要四位男丁才能把那張撞球桌搬出去。

give away

★ 分送；捐贈（物）

This old furniture isn't worth very much, so I think I'll just
give it **away**. 這件舊傢俱並不值什麼錢，所以我想乾脆送人好了。

★ 洩漏（秘密）；透露

You can trust me with the secret. I haven't **given** it **away**.
你可以相信我會保密。我並沒有洩漏出去。

★ 無意中透露；出賣（人）

Mark tried to keep his affair a secret, but he was **given**
away by his credit card bills.
馬克試圖隱瞞他的婚外情，但是他的信用卡帳單洩漏了祕密。

mess up

★【口語】弄亂（地方）

Jim made spaghetti sauce, and he really **messed up** the
kitchen. 吉姆製做義大利醬，把廚房搞得亂七八糟的。

★【口語】搞砸；弄糟（計畫等）

Everything was perfect until you **messed** it **up**.

一切本來都很完美，直到你把事情搞砸。

stand up

★ 站起來；起立

Everyone **stands up** when the judge enters the
courtroom. 當法官進入法庭，每一個人都要起立。

★【口語】爽約；放鴿子

Heather had a date with Jim last Saturday night, but she
was **stood up**.

海瑟上週六晚上和吉姆有個約會，但是她被放鴿子。

ask for

★ 要求

We **ask** the waiter **for** some more coffee.

我們向服務生要求加一點咖啡。

★ 自找（麻煩）；自討（苦吃）

You're **asking for** it! Don't say that again.

你是在自討苦吃！不要再那樣說了。

come apart

★ （物）解體；崩散

This toy airplane is such a piece of junk that it **came apart** in my hand. 這架玩具飛機真是廢物，它在我手裡就解體了。

drop in

★ 順道拜訪（人）

If you're ever in my neighborhood, **drop in**.

如果哪天你人在我家附近，就過來坐坐。

Sally **dropped in** <u>on</u> Marsha last night.

莎莉昨晚順道去找瑪莎。

flip out

★【口語】激動；暴怒

Keep your hands off Jim's computer — he'll **flip out** if you screw it up.

不要碰吉姆的電腦。如果你把它弄壞了，他可是會發飆的。

look out

★ 小心；留意

Look out <u>for</u> bears when you camp in the mountains.

在山上露營時要小心熊。

luck out

★【口語】走運；運氣好

I missed my flight, and the plane crashed. I guess I **lucked out**. 我錯過了我的班機，結果飛機卻墜毀了。我想我真是好運。

make out

★ 辨識出；看出、聽出

The audio system is so bad in the bus station that I can never **make out** what the speakers are saying.

公車站的播音系統實在太差了，我從來就聽不清楚廣播者在說什麼。

★ 聲稱；把⋯⋯說成⋯⋯【後面一定要加 to be】

The critics **made** the film **out** to be a real bore, but I liked it. 影評們把那部電影說成是一部大爛片，但是我很喜歡它。

★ 開立（支票等）

Nancy **made** a check **out** <u>to</u> the IRS for $17,000.

南西開了一張一萬七千美元的支票給國稅局。

★ 設法應付；克服

Even though Jerry has lost his job, we'll **make out** somehow. 雖然傑瑞丟了工作，但是我們會想辦法克服的。

How did you **make out** <u>on</u> the test yesterday?

你昨天考試考得怎麼樣？

run across

★ 越過；穿越（馬路等）

It's crazy to **run across** the street through the traffic instead of waiting for the light.

不等紅綠燈就穿越車陣過馬路，這種行為簡直是瘋狂。

★ 巧遇；偶遇

Bob **ran across** one of his army buddies at the baseball game. 鮑柏去看棒球比賽，巧遇了他的一位軍中同袍。

lock in

★ 鎖在裡面

It's dangerous to **lock** children **in** a car.

把小孩子鎖在車子裡是很危險的。

★ 使（利率、價錢等）固定

I met with the loan officer at the bank and **locked in** a mortgage rate.

我和貸款專員在銀行碰面，談定一個抵押貸款利率。

If you want to use the condo at the beach this weekend, you need to pay a deposit to **lock** it **in**. 如果你這個週末要用海邊那棟公寓大樓，你必須付一筆押金把它訂下來。

lock out

★ 鎖在外面

I hide an extra key under the bumper of my car so that I won't get **locked out**.

我在汽車保險桿下面藏了另一把鑰匙，這樣我就不會被鎖在車外了。

★ 使（員工）無法上工、上班

Management **locked** the workers **out** after they refused to sign the new contract.

工人拒絕簽訂新合約，資方就不讓他們來上班了。

punch in

★ 打卡上班

Don't forget to **punch in** as soon as you get to work.

別忘記你一來上班就要打卡。

punch out

★ 打卡下班

Sally's not at work; she **punched out** at 5:08.

莎莉下班了；她五點零八分時打卡走了。

put out

★ 撲滅；熄滅

Put that cigarette **out** immediately. 立刻把香菸熄掉。

It took them two hours to **put out** the fire.

他們花了兩小時才把火撲滅。

★ 把某物放在外面（以備他人收拾、使用）

Judy **put** some clothes **out** for her daughter to wear the next day. 茱蒂把她女兒隔天要穿的一些衣服拿出來準備好。

★ 伸出（手、腳等）

Mike **put out** his leg and tripped me.

麥克伸出他的腳把我絆倒。

I **put** my hand **out**, but she refused to shake it.

我把手伸出去，但是她拒絕和我握手。

★ 費心；努力投入

Sofia really **put** herself **out** to make her new daughter-in-law feel welcome.

蘇菲亞非常努力地想讓她的新媳婦感到被接納。

★ 給人添麻煩

You've done so much to help me. I'm sorry to have **put you out**. 你已經幫我很多忙了。很抱歉這樣麻煩你。

★ 惹人生氣、不高興

Dan was **put out** by Sam's ungrateful attitude.

丹很氣山姆不知感激的態度。

★ 出版；發行

Frank Sinatra **put out** several classic recordings in the 1950s. 法蘭克・辛納屈在一九五○年代發行了幾張經典唱片。

sort out

★ 分類；挑揀

After you take the laundry out of the dryer, you have to **sort** it **out**. 你把洗好的衣服從烘衣機拿出來之後，必須分類一下。

space out

★【口語】（使人）失神；精神恍惚【年輕人的用語】

This place is really weird — it's **spacing** me **out**.

這個地方真詭異，讓我精神恍惚。

wash up

★ 洗淨（雙手）

Go and **wash up** — it's time for
dinner.

去把手洗乾淨，該吃晚飯了。

★ 沖上岸

The police were called when a dead body **washed up** on
the beach. 有具屍體沖上岸來，於是有人通知警方。

第 31 課

care for

★ 照顧（人）；維護（物）

The nurses have to **care for** several very sick patients.

那些護士必須照顧幾個重症病人。

★ 喜歡

Jane doesn't **care for** coffee; she prefers tea.

珍不喜歡喝咖啡，她比較喜歡喝茶。

cut out

★ 剪下；切割

I **cut** an interesting story **out** of the newspaper to show to my father. 我從報紙上剪下一則有趣的報導拿給我爸爸看。

★ 刪剪（電影、書籍等）

The movie was too long, so the director **cut** a couple of scenes **out**. 那部電影太長了，所以導演剪掉了幾場戲。

★ 戒除（事、物）；停止做、說（某事）

If you want to lose weight, you'll have to **cut** cookies and ice cream **out**. 如果你想減重，你必須把餅乾和冰淇淋戒掉。

It bothers me when you do that, so **cut** it **out**!

你那樣做會干擾到我，停下來吧！

★（馬達、引擎等）停止運轉

This plane has only one engine, so if it **cuts out**, we're in big trouble.

這架飛機只有一具引擎，如果它停止運轉，我們的麻煩就大了。

do away with

★ 廢除；禁止

Doing away with smoking is not something that will happen soon. 完全禁止吸煙這種事不會很快發生。

★ 殺害；消滅

The woman was accused of **doing away with** her husband with arsenic.

這名女子被指控用砒霜殺害了自己的丈夫。

do without

★ 沒有……也可以；將就（不……）

Washing your hair everyday is something you have to **do without** when you go camping.

你去露營的時候必須將就不能天天洗頭。

look into

★ 調查；探究

Maybe leasing a car is something I should **look into**.

或許租車這件事我應該研究研究。

plan on

★ 預期；計劃（某事）

You should **plan on** at least two years to finish the master's degree program.

你應該計劃至少要用兩年的時間來修完碩士學位的課程。

★ 打算；想要（做某事）

What are you **planning on** doing tonight?

你今天晚上想做什麼？

put off

★ 拖延；推託

The students begged the teacher to **put** the test **off** until the next week. 學生們懇求老師把考試延到下一週。

★ 惹人厭惡；引起反感

Everyone was **put off** by his racist jokes.

大家對他具種族歧視的笑話感到反感。

rule out

★ 排除；不考慮

With all these medical bills to pay, maybe we should consider **ruling out** buying a new car.

有這麼多醫療帳單要繳，或許我們應該考慮不要買新車。

第 32 課

Focus on ★

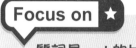

質詞是 out 的片語動詞

質詞 out 出現在很多片語動詞中,並且有許多不同的意義。Out 最常用來表示:

① 事物或人從「裡面」移動到「外面」。例如:

Would you **take** the garbage **out**, please?

(可以麻煩你把垃圾拿出去嗎?)

It's dangerous to **stick** your head **out** a car window.

(把頭伸出車窗外是很危險的。)

② 事物「完成」,做得「徹底」。例如:

I **cleaned out** the closet. (我把衣櫃清空了。)

③ 動作或事物「結束」、「休止」。例如:

The fire **went out**. (火熄了。)

Hank **dropped out** of school. (漢克退學了。)

④ 「選出」、「處理」、「分配」事物或人。例如:

Tom **picked** a new shirt **out**. (湯姆挑選了一件新襯衫。)

The mailroom clerk **sorted out** the mail. (收發室的職員整理郵件。)

⑤ 將某物「推出」、「發行」。例如：

His last book **came out** two years ago.

（他的上一本書兩年前出版了。）

That group hasn't **put out** a new CD in a long time.

（那個團體已經很久沒有推出新的 CD 了。）

⑥ 把某物「移除」、「消除」或「排除」。例如：

She **cut** a cartoon **out** of the paper.（她剪下報紙上的一則漫畫。）

The negative test result **ruled out** cancer.

（顯示陰性的檢驗結果，排除了癌症的可能性。）

⑦ 「想出」、「找出」、「取得」某事物。例如：

I **figured out** the answer.（我想出了答案。）

Did you **find out** when the movie starts?

（你查出電影何時開演了嗎？）

⑧ 尺寸或範圍「增加」、「擴大」。例如：

Paul started to **fill out** after he got married.

（保羅結婚之後開始變胖。）

After I gained twenty-five pounds I had to **let** my pants **out**.

（在我胖了二十五磅之後，必須把褲子放寬。）

⑨ 「注意」或「留意」重要或危險的事物。例如：

Mike is supposed to meet us here, so **watch out** for him.

（麥克應該會來這裡和我們碰面，注意看他來了沒。）

⑩ 「持續」做某事一段時間。例如：

The criminals **held out** for three hours before surrendering.

（罪犯們在投降前堅持了三個小時。）

clean out

★ 徹底清理

We **clean out** our garage every spring.

我們每年春天都會徹底打掃車庫。

★【口語】把錢騙光、榨光；耗盡金錢

A con artist **cleaned** my grandmother **out** of $50,000.

有個冒牌藝術家把我外婆的五萬美元全騙光了。

★【口語】洗劫一空；偷光

The thieves **cleaned** the jewelry store **out** of all its diamonds and emeralds.

小偷把珠寶店所有的鑽石和綠寶石全偷光了。

clear out

★ 離開；散去

After the police threw tear gas, the crowd **cleared** right **out**. 在警方丟出催淚瓦斯之後，群眾立刻散去。

★ 清光；清出空間

The car dealer had a sale so that he could **clear out** some space for the new cars.

車商做了一筆交易，這樣他就可以清出一些空間展示新車了。

come out

★（從室內）到外面來

Susie's friend came to the door and asked her to **come**

out and play. 蘇西的朋友到了門前要她出來玩。

★（自某處）傳來

The most wonderful aroma **came out** <u>of</u> the kitchen.
有一股超棒的香味從廚房飄了出來。

★ 到市區外來

Would you like to **come out** and visit our farm?
你要不要離開市區來參觀我們的農場？

★ 結果（變成⋯⋯）

It was a tough game, but our team **came out** on top.
那是場辛苦的比賽，但我們這一隊最後奪冠。

★ 出版；發行

Barron's is **coming out** <u>with</u> a new book on TOEFL soon.
巴倫氏出版社即將出版一本關於托福的新書。

★ 揭發；流露

Everyone was shocked when it **came out** that the butler
had murdered the duke.
在得知是管家殺害了公爵的時候，大家都很震驚。

★（污漬）脫除；褪色

Don't get grape juice on that white blouse — it'll never
come out. 這件白色上衣不要沾到葡萄汁，會永遠洗不掉。

★（植物）開花；萌芽

Oak tree leaves always **come out** later than the leaves of
other trees. 橡樹的樹葉一向比其他樹種的樹葉晚抽芽。

★（日、月）出現；露臉

The rain stopped, the sun **came out**, and there was a
beautiful rainbow. 雨停了，太陽出現，還有一道美麗的彩虹。

★ 表態支持／反對 **come out (for/in favor of/against)**

We were surprised when the mayor **came out** <u>for</u>
legalizing gambling.

市長公然表示支持賭博合法化，我們感到很驚訝。

empty out

★ 把……清空

The police officer told me to **empty out** my pockets.
那個警官要我把口袋的東西全掏出來。

★（人群）散盡；撤空

After the concert is over, it'll be twenty minutes before the
auditorium **empties out**.

演唱會結束之後，還要二十分鐘觀眾席的人才會散盡。

fall out

★ 掉落；跌落

I found a baby bird that had **fallen out** <u>of</u> its nest.
我發現一隻從鳥巢掉下來的雛鳥。

★（與人）（為事物）鬧翻

Alfonso **fell out** <u>with</u> his sister when he criticized her
husband. 艾爾方索批評他姐夫以致和他姐姐鬧翻了。

go out

★（從某處）到外面去

I'm trying to study — **go out** and play in the backyard.

我正要唸書。出去到後院玩。

★ 去城市外

Last weekend we **went out** <u>to</u> Jim's cabin on the lake.

上週末我們離開市區到吉姆的湖邊小木屋去。

★（火）熄滅

The campfire **went out** during the night.

營火在夜間熄滅了。

★（燈光）熄滅

The lights in the barracks **go out** every night at 10:00.

營房的燈每天晚上十點會熄滅。

★ 出去約會；（與人）交往

Mike's nervous — he's **going out** <u>with</u> Heather tonight.

麥克很緊張；他今晚要和海瑟出去約會。

美國人 365 天都在用的英文片語

leave out

★ 遺漏；剔除（部分）

The director **left out** several parts of the book when she made the film.

那個導演在拍攝這部影片的時候，去掉了這本書的幾個部分。

stick out

★（物）突出來

Be careful walking in the woods; there are a lot of branches **sticking out**.

走在樹林裡要小心；有很多突出來的樹枝。

★ 伸出去（物）

Timmy **stuck** his tongue **out** when his mother gave him spinach. 堤米在他媽媽拿菠菜給他吃的時候吐了吐舌頭。

We all **stuck** our heads **out** the window to get a better look. 為了想看得更清楚，我們都把頭伸出窗外。

★ 堅持下去

I hate this job, but I need the money, so I'll just have to **stick** it **out** until I find a better one. 我討厭這份工作，但我需要錢，所以只得撐下去，直到我找到比較好的工作。

★ 突出；明顯

Alan's nearly seven feet tall and has red hair, so he really **sticks out** in a crowd.

艾倫幾乎有七呎高，還頂著一頭紅髮，所以他在人群中特別顯眼。

第 33 課

blow up

★ 爆炸；爆破

Seven people were killed when the building **blew up**.

該建築物爆炸時有七個人喪生。

★ 充氣；吹脹（汽球等）

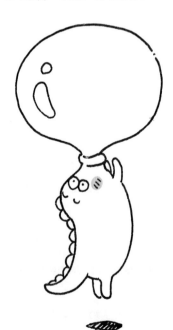

It always takes me an hour or more to **blow up** the balloons for a party.

我每次都要花上一小時或更久的時間給派對用的汽球充氣。

★ 放大尺寸（照片等）

I **blew** the photograph **up** and framed it.
我把照片放大，然後上框。

★【口語】（對人或為事物）氣炸；暴怒；火大

Heather **blew up** when she
saw her boyfriend dancing with
Linda. 海瑟看到她的男友和琳達跳
舞時氣炸了。

Heather **blew up** <u>at</u> her
boyfriend when she saw him
dancing with Linda.
海瑟看到她的男友和琳達跳舞，對他
大發脾氣。

Dad **blew up** <u>over</u> the increase in our property taxes.
爸爸因為我們的財產稅增加而火冒三丈。

catch on

★ 流行；蔚為風潮

If his striped business suits **catch on**, the designer will
become famous.
如果他的條紋西裝成為流行時尚，這個設計師就出名了。

★ 領悟；理解

When Sally studies something, she usually **catches on**
right away.
莎莉研究東西的時候，通常立刻就能領悟。

★ 揭穿；發現真相

If you keep lying to everyone, they'll eventually **catch on**.

如果你繼續欺騙每個人，最終大家還是會發現的。

come about

★ （事）發生

Several major advances have **come about** in the last fifty years.

過去五十年來有了幾項重大改進。

fall behind

★ （行進）落後

I was supposed to be following Linda to the party, but I **fell behind** and got lost.

我本來是應該跟著琳達去派對的，但我沒跟上，然後就迷路了。

fall behind 的相反是 keep up！

★ （進度）落後

Timmy was sick last semester, and he **fell behind** in his studies. 堤米上學期生病，他的學習也落後了。

The building project will **fall behind** schedule if the construction workers go on strike.

如果建築工人繼續罷工，這個建築計劃的進度就會落後。

★ 遲繳；拖欠

When I lost my job, I **fell behind** in my mortgage payments. 我失業的時候，拖欠了抵押貸款。

goof around

★【口語】遊手好閒；閒晃

Stop **goofing around** and get to work.

不要再摸魚了，趕緊工作吧。

help out

★ 幫忙；協助

Can you **help** me **out**? I need a hundred bucks until payday. 你可以幫幫我嗎？我需要一百塊撐到發薪日。

know about

★ 知道；獲悉（消息等）

Jim isn't here. Maybe he doesn't **know about** the schedule change.

吉姆沒來。也許他不知道時間表變更的事。

★ 學習；研究（科目等）

I don't **know** much **about** history. I was a business major.

我對歷史所知不多。我以前主修商學。

pull off

★ 完成（難事）

When Jake said he was going to try to rob a Las Vegas casino, no one believed he could **pull** it **off**.

當杰克說他打算嘗試去搶一家拉斯維加斯賭場時，沒人相信他搶得成。

★ 把車開到路邊；靠邊停車

If I get sleepy while I'm driving, I always **pull off** the road and take a nap.

如果我開車時想睡覺，都會把車開到路邊打個盹兒。

美國人 365 天都在用的英文片語

第 34 課

MP3-34

do over

★ 重來；重做

I got a bad grade on my paper, but the teacher said I could **do** it **over**. 我的報告成績很爛，但老師說我可以重做。

float around

★ 在附近（某處）【通常用進行式】

The new schedule was **floating around** the office yesterday. 新的進度表昨天在辦公室傳閱。

★（謠言等）傳播；流傳

There's a rumor **floating around** that the factory's going to be closed. 有謠言在四處流傳，說工廠即將關閉。

lead up to

★ 導致……

Several minor battles **led up to** a full-scale war.
幾場小規模的戰役導致一場全面性的戰爭。

★ 引導至（重點等）

I've been listening to your talk for thirty minutes. What's your point? What are you **leading up to**?

我已經聽你說了三十分鐘了。你的重點是什麼？你想說什麼呢？

put up to

★ 唆使（人）做……；脅迫（人）做……

I didn't think it was a good idea to demand a raise, but my wife **put** me **up to** it.

我並不覺得要求加薪是個好主意，但是我的妻子慫恿我這麼做。

stand for

★（字母、符號等）表示；意指

"Scuba" **stands for** "self-contained underwater breathing apparatus."

Scuba「水肺」指的是 self-contained underwater breathing apparatus「自攜式水底呼吸裝置」。

★（人、物）代表；象徵；支持

This flag **stands for** freedom.　這面旗子象徵自由。

★ 容忍；允許（暴行等）

Cruelty to animals is one thing I will never **stand for**.

虐待動物是我永遠無法容忍的事情。

stick around

★【口語】逗留

Can you **stick around**? We're going to have lunch in an hour. 你可以留下來嗎？我們再一小時就要去吃午飯了。

stick to

★（物）附著於（物）

The magnet **sticks to** the chalkboard because there's metal underneath.
磁鐵之所以會附著在黑板上，是因為黑板底面有金屬。

I used the wrong glue, and the tiles didn't **stick to** the floor. 我用錯了黏膠，所以瓷磚無法黏在地板上。

★ 緊守（議題等）

In his news conference, the President **stuck to** the new tax legislation, but the reporters kept asking about the latest scandal.
總統在他的記者會上只談新稅制立法的議題，但是記者一直問他最近醜聞的事。

★ 堅持；堅守（信仰、政策等）

After the audition, the director told me I was a terrible actor and that I should **stick to** singing.
試演會之後，導演告訴我我是個很糟糕的演員，他說我應該繼續唱我的歌。

★【口語】故意作弄（人）；刺激；找（人）麻煩

Sam thinks the new manager is an idiot, and he likes to **stick** it **to** him.
山姆覺得新任經理是個白痴，他喜歡故意找他麻煩。

take back

★ 把物放回（某處）

Do you usually **take** the shopping carts **back** after you've put your groceries in your car?
你把採買的東西放上車後，通常會把購物車推回去嗎？

★ 退回（商品）

I have to **take back** these pants that I bought yesterday because the zipper's already broken.
我必須把我昨天買的褲子拿回去退，因為拉鍊已經壞掉了。

★ 接受退貨

The guy at the store said he wouldn't **take** my answering machine **back** because I had bought it on sale.
那家店的那個傢伙說他不接受我退回答錄機，因為我是特價時買的。

★ 送（人）回（某處）

Mike got sick again, so we **took** him **back** <u>to</u> the hospital.
麥克又生病了，所以我們送他回醫院。

★ 把話收回

I'm sorry that was very rude of me. I **take** it **back**.
抱歉我太粗魯了。我把話收回。

★ 回想起過去

Looking through my high school yearbook sure **takes** me **back**. 翻閱我高中的畢業紀念冊確實把我帶回到了過去。

fool around

★ 閒蕩；遊手好閒；無所事事

My son is lazy. He spends his time **fooling around** instead of looking for a job.

我兒子很懶惰。他把時間用來四處遊蕩，而不去找工作。

★ 胡搞；瞎搞；亂弄

You shouldn't **fool around** <u>with</u> the insides of your computer unless you know what you're doing.

除非你知道你在做什麼，否則不應該亂動你電腦內部的零件。

★【口語】亂搞；偷情

Her husband's been **fooling around** <u>with</u> his secretary, and everyone in town knows it.

她的丈夫一直在和他的祕書搞婚外情，鎮上的每個人都知道。

go by

★ 經過

We watched the parade **go by**. 我們望著遊行隊伍經過。

★ 到（某地）

Let's **go by** Raul's house to get his tools before we work on your car. 修理你的車之前，我們先到拉烏家拿他的工具吧。

★ （時間）過去；流逝

I can't believe that thirty years have **gone by** since I got out of high school.

我不敢相信自從我高中畢業，已經三十年過去了。

★ 參照；遵從（規則、說明等）

Going by the book has always been my policy.

照章行事一直是我的原則。

★ 依據（鐘錶的時間）

Don't **go by** the clock on the wall; it's fast. **Go by** the clock on the desk.

別用牆上的時鐘看時間，它快了。看書桌上的那個鐘。

hold against

★ 歸咎於；怪罪

Jane lost her job because of a mistake Bob made, but she doesn't **hold** it **against** him.

珍因為鮑柏犯的錯而丟了工作，不過她並不怪罪他。

leave behind

★ 離開（人或物）

The explorers **left** the mountains **behind** and entered the jungle. 探險家們離開山區進入叢林。

★ 遺留；留下（物或人）

We packed too much luggage for our trip, so we had to **leave** some things **behind**.

我們為我們的旅行打包太多行李了，得留下一些東西才行。

★（把人）拋在後頭；超越

My wife walks so fast that she always **leaves** me **behind**.

我的妻子走路很快，總是把我拋在後頭。

live with

★ 與（人）同住；同居

Living with my in-laws is driving me crazy.

和我的姻親們住在一起快讓我發瘋了。

★ 忍受；接受

Living with this disease is not easy.

忍受這種疾病的煎熬並不容易。

I can't change the situation, so I'll just have to learn to **live with** it. 我無法改變這種情形，所以我只好學著接受它。

★ 背負（恥辱等）而活

Jake committed suicide rather than **live with** the shame of what he had done.

杰克不願背負著自己行為所帶來的恥辱而活，於是自殺了。

make of

★ 理解；認為

What he said was so strange that I didn't know what to **make of** it. 他說的話太奇怪了，我不知道該如何解讀。

narrow down

★ 縮減（人數）；減少（事項）

All the candidates for the job have excellent qualifications. **Narrowing** the list **down** won't be easy.

應徵這個職務的人條件都很優秀。要縮減這份名單真不容易。

trick into

★ 誘騙、拐騙（人）做（事）

I was an idiot to let Hank **trick** me **into** selling him my car for so little money.

我真是個白癡，竟然讓漢克騙我，把車用這麼少的錢賣給他。

第 36 課

MP3-36

Focus on ★

質詞是 down 的片語動詞

質詞 down 出現在許多片語動詞中,並且有許多不同意義。Down 可以表示以下的意思:

① 從高處移往低處,或從北方移往南方,例如:

Bob **went down** the ladder. (鮑柏爬下梯子。)

② 尺寸、密度、數量或質量縮減,例如:

Her fever has **gone down** to 100 degrees.
(她的發燒已經降到一百度了。)

③ 被攻擊、打敗或制伏,例如:

The police **cracked down** on street crime. (警方掃蕩街頭犯罪。)

④ 事物掉落到地面上,例如:

The boy was running and **fell down**. (那個男孩跑著跑著就跌倒了。)

⑤ 過程或活動即將結束或已經完結,例如:

The campaign is **winding down**. (這場活動就快結束了。)

back down

★ 退縮；讓步

The police officer tried to force me to pay him a bribe, but when I said I would report him to the chief of police, he **backed down**. 那位警官試圖強迫我給他賄賂，不過當我說要向警察局長告發他時，他就退縮了。

calm down

★ 平靜；使鎮定

I was very nervous about the test, but I **calmed down** when I saw how easy it was. 我對那場考試覺得很緊張，不過當我看到它有多簡單時，就鎮定下來了。

★ 平息；平定

A conference between the two sides was organized to try to **calm** the situation **down**.
為嘗試平息這個局勢而籌畫了一場雙邊會談。

fall down

★ 跌倒；掉落

I slipped on some ice on the sidewalk and **fell down**.
我在人行道的冰上滑倒，跌了一跤。

go down

★ 向下、向南移動

Going down the mountain was a lot easier than going up.

下山比上山容易多了。

★ 下降；減緩

The crime rate in New York City has **gone down**.

紐約的犯罪率已經下降了。

★ 向下、向南延伸

Does this road **go down** to the south side of town?

這條路通往城鎮南端嗎？

★ 被接受；得到某種回應

The judge's decision **went down** well with the prosecutor.

法官的判決受到那個檢察官的歡迎。

★ （電腦、網路等）故障；斷線

I couldn't withdraw any money at the bank because its computers had **gone down**.

我沒辦法在銀行領半毛錢，因為它的電腦故障了。

★ （太陽）落下

After the sun **goes down**, it'll get a little cooler.

太陽下山後，天氣會變冷一點。

lay down

★ 放下；平放在……之上

The police ordered Jake to **lay down** his gun and surrender. 警察命令杰克放下槍投降。

★ 制定；施行（法規、政策等）

The IRS **laid down** several new tax regulations.
國稅局制定了幾條新的稅法。

put down

★（把東西）放下

The suitcase was so heavy that I had to **put** it **down** and rest for a minute. 公事包好重，我得把它放下來休息一下。

★ 批評；貶低（人）

Jim hates his stepfather and **puts** him **down** constantly.
吉姆很討厭他的繼父，時常批評他。

★ 下訂金

The real estate agent asked me how much money I want to **put down** <u>on</u> the house.
那個房地產經紀人問我那棟房子我願意付多少訂金。

★ 寫下；把……加入名單

Melanie's collecting money for charity, so I told her to **put** me **down** <u>for</u> $50.
米蘭妮正在為慈善募款，我叫她記下我認捐五十元。

★（飛機）降落

After the engine quit, the pilot looked for a place to **put down**. 引擎停止運轉後，駕駛員接著找地方降落。

run down

★ 跑下；向下跑

I saw someone trying to steal my car, and I **ran down** to the street to try to stop him.

我看見有個人想偷我的車，於是便跑下樓到街上去設法阻止他。

★ 撞倒（人、物）

The man was **run down** and killed by a speeding taxi.

那個人被一輛超速行駛的計程車撞倒而喪命。

★（逐條）討論；檢視

Let's **run down** the Christmas list and decide what to give everyone. 我們逐項看一下聖誕節清單，來決定要送大家什麼禮物。

 多學一點點

名詞片語：**rundown**（逐條討論；摘要）

The consultant gave the manager a **rundown** of the problems she had found.

（那個顧問針對她所發現的問題向經理做了摘要。）

★（電池、機器等）耗盡（電力、能源等）

What time is it? My watch **ran down** last night.

現在幾點？我的手錶昨晚停了。

sit down

★ 坐下

The teacher told his students to **sit down** and open their books. 老師叫他的學生坐下並打開書本。

★ 使（人）坐下

The detective **sat** Hank **down** and began to interrogate him. 那名警探要漢克坐下，並開始訊問他。

第 37 課

MP3-37

brush off

★ 漠視；不理（人）

The reporters tried to ask him some questions, but he **brushed** them **off**.

記者們想問他一些問題，但他並不理他們。

★ 漠視；不理（事物）

I told Dr. Smith that he had made a mistake, but he **brushed** it **off**.

我跟史密斯醫生說他犯了一個錯誤，但他把我的話當耳邊風。

come on

★（電器等）啓動

It was so cold that the heat **came on** last night.

昨晚天氣冷到暖氣自動啓動。

★（節目）開演；上演

Do you know when the news will **come on**?
你知道新聞什麼時候開始嗎？

★【口語】來吧；走吧；快點

Come on! I can't wait all day.　快點！我不能等一整天。

★【口語】拜託；不會吧

Hey, **come on!** I told you not to do that again.
嘿，拜託！我跟你說過別再這麼做了。

★（疾病等）發作；來襲【必須用進行式】

I might be sick tomorrow; I feel something **coming on**.
我明天可能會生病；我覺得有些不對勁。

★ 待人處事

Bob **comes on** kind of arrogant, but he's actually a nice
guy.　鮑柏對人有點傲慢，不過他其實是個好人。

★【口語】求歡；求愛

Todd **came on** <u>to</u> Judy at the party, and she told him to get
lost.　塔德在派對上向茱蒂求愛，不過她叫他滾開。

cover up

★ 掩蓋；遮蓋（物）

Cover this stuff **up** — I don't want anyone to see it.
把這個東西蓋起來；我不想任何人看到它。

掩飾（罪行等）；掩過飾非

The mayor was accused of **covering up** his ties to organized crime. 市長被控遮瞞他和組織犯罪的關連。

hang out

★【口語】閒晃

I don't have any place to go. Do you mind if I **hang out** here for a while?

我沒有任何地方可去。你介意我在這裡待一下嗎？

leave over

★ 剩下；剩餘【必須用被動式】

I paid all my bills and had only $17 **left over**.

我付完所有的帳單，只剩下十七塊美金。

 多學一點點

名詞片語：**leftovers**（剩菜【必須用複數】）

Leftovers again? When are we going to have something different for dinner?

又是剩菜？我們什麼時候才能吃點不一樣的東西當晚餐啊？

let down

★ 讓（人）失望

My son promised to stop using drugs, but he **let** me **down**.

我兒子發誓不再使用藥物，不過他讓我失望了。

pay off

★ 還清；付清

It took ten years, but I finally **paid off** my school loan.
雖然一共花了十年，但我終於還清我的就學貸款了。

★ 賄賂；收買

The politician tried to cover up the crime by **paying off** the witnesses. 那名政客試圖以收買證人來掩飾罪行。

★ 值得；回報

Medical school is a lot of hard work, but it'll **pay off** someday. 唸醫學院非常辛苦，不過總有一天會有回報的。

 多學一點點

名詞片語：**payoff**（賄款；收益；報償）

The chief of police was videotaped accepting a **payoff**.
那名警察局長被側錄到收受賄款。

Linda doesn't get paid for the volunteer work she does. The **payoff** is knowing that she has helped other people.
琳達並沒有從她所做的志願服務工作獲得支薪。報酬是她知道自己幫助了很多人。

talk to

★（對人）說話；講話

I don't like Bob. He **talks to** me like I'm some kind of idiot.
我不喜歡鮑柏。他對我講話的樣子好像把我當成白癡。

keep at

★ 繼續努力；持之以恆

I know this work is difficult, but you have to **keep at** it.

我知道這項工作很難，但是你得繼續努力。

keep away

★ 遠離（人或物）；不接近（人或物）

Mark was very sick yesterday, so everyone **kept away** <u>from</u> him. 馬克昨天病得很嚴重，所以每個人都跟他保持距離。

★ 使人或物遠離；不讓人或物靠近

Paul has an alcohol problem, so **keep** him **away** <u>from</u> the bar at the party tomorrow.

保羅有酗酒的問題，所以明天在派對上不要讓他接近酒吧。

keep down

★ 壓低（價格等）；保持少量

The company tried to **keep** its prices **down**.

這家公司試著壓低他們的價格。

★ 壓低聲音

Will you please **keep** it **down**? I'm trying to study.

請你小聲點好嗎？我想要唸書。

keep from

★ 忍住不做（某事）

I was so angry that I don't know how I **kept from** punching that guy in the nose. 我實在是太生氣了，真不知道自己怎麼忍住了沒朝那傢伙的鼻子揍過去。

★ 讓（人）不做（某事）

Jim's girlfriend's parents don't like him, and they try to **keep** him **from** seeing her.

吉姆女朋友的父母不喜歡他，他們試圖阻撓他見她。

keep off

★ 避開；使避開

The sign says, "**Keep off** the grass."

標示上寫著：「勿踐踏草坪。」

You should **keep** your kids **off** the streets and in school.

你應該不要讓你的孩子在街上混，應該讓他們待在學校。

★ 使不接觸（毒品、菸酒等）

Since getting out of jail, Hank has been able to **keep off** drugs. 自出獄以來，漢克已經能夠不碰觸毒品了。

keep on

★ 繼續（做某事）

I told her to be quiet, but she just **kept** right **on** talking.

我叫她安靜，但是她還是繼續講個不停。

★ 留任；繼續雇用

The company decided against laying all the workers off and will instead **keep** a few **on** to maintain equipment.

這家公司決定不解雇全部的員工，倒是會留下一些人維護設備。

keep to

★ 保密；不張揚

This is a secret, so **keep** it **to** yourself.

這是一個祕密，所以不要跟別人說。

★ 限制；控制（數量等）

Here's my credit card, but **keep** your spending **to** a minimum — don't go crazy with it.

這是我的信用卡，不過要把你的花費限制在最低，可別亂刷一通。

★ 靠左邊或右邊（走、行駛）

Faster cars are supposed to **keep to** the left.

快車應該靠左走。

keep up

★ 保持；繼續

I told you to stop doing that. If you **keep** it **up**, I'm going to get angry.

我告訴過你不要再做那件事了。如果你繼續做，我就要生氣了。

★ 趕上（進度等）

Lydia missed several days of school last month, and now she's having a hard time **keeping up** <u>with</u> the rest of the class.

莉迪亞上個月缺了幾天課，現在她正在苦苦追趕班上的其他人。

★ 跟上（行進等）

The wounded soldiers couldn't **keep up** <u>with</u> the rest of the army.　受傷的士兵們跟不上軍隊中的其他人。

★ 跟得上（變化等）

Jane always has some new idea. I can't **keep up** <u>with</u> her.

珍總是有一些新的想法。我跟不上她。

★ 保持清醒；維持不睡

Ned just would not leave last night; he **kept** me **up** until 2:00 in the morning.

奈德昨晚就是不肯走；他不讓我睡，直到凌晨兩點。

Focus on ★

以動詞 keep 組成的片語動詞

許多片語動詞以動詞 keep 為基礎,基本上 keep 在這些片語動詞中的意思都是「沒有變動」。學習這些片語動詞時,記得它們的各種意義,都表示某事物沒有改變、朝相同的方向行進或以相同的方式持續發展,或某事物維持在原地或保持相同狀態。

chop up

★ 切；切細；剁碎

Chop this meat **up** into pieces about half an inch in size.
把這塊肉切成大約半吋的薄片。

cross off

★ 劃掉；（從清單上）刪除

Why was my name **crossed off** the invitation list?
為什麼我的名字從邀請名單上被劃掉了？

fill up

★ 充滿；填滿；裝滿

We always **fill** the tank **up** when we're in Indiana because gas is cheaper there.
我們在印地安那州時都會把油箱裝滿，因為在那邊汽油比較便宜。

★ 吃飽；吃撐

I **filled up** <u>on</u> candy and was really sick about half an hour later. 我吃了太多糖果，大概一個半小時後覺得非常不舒服。

★（空間）塞滿；擠滿

The dance floor **filled up** quickly when the band began to play. 樂團開始演奏時，舞池很快就擠滿了人。

pick up

★ 拾起；拿起（物）

All this trash has to be **picked up**. 這些垃圾全都必須撿起來。

★ 拿取；收取；領取（物）

The travel agent said I could **pick** the tickets **up** tomorrow. 旅行社業務員說我明天可以去取票。

★（開車）搭載；接（人）

You'll be **picked up** at the airport by the hotel van. 您在機場將會由旅館巴士去接。

★ 迅速購買（物）

I need to **pick up** some milk on the way home. 我必須在回家路上順便買些牛奶。

★ 學會；獲得（物）

Children can **pick up** a new language very quickly. 小孩子能很快地學會一個新語言。

★ 重拾；接續

The teacher started the class by **picking up** where she had left off the previous week.

老師接續前一週停下來的地方開始上課。

★ 收聽；收看；接收到（電訊等）

General Johnston's radio transmission was **picked up** by the enemy.

強斯頓將軍的無線電通訊被敵人接收到了。

★ 逮捕；拘提（人）

Charles was **picked up** for driving under the influence of alcohol.

查爾斯因酒醉駕車被逮捕。

★ 偶然獲得（物）

I **picked up** a few stock tips from a guy I met on the plane.

我從一個在飛機上認識的人那裡獲得了一些股票內線消息。

★ 付帳；買單

Tom's a real cheapskate; he never **picks up** the check.

湯姆真是個小氣鬼；他從不買單。

★ 增加；改善（速度、情況等）

The song starts out slowly, but then it **picks up**.

這首歌一開始很慢，不過後來就變快了。

★ 整理；清理（某處）

Let's **pick** this place **up** — it's a mess.

咱們清理一下這個地方吧，真是一團亂。

★【口語】結識；釣人；搭上

Pat **picked up** someone, and they went to a cheap motel.

派特搭上了某人，然後他們就去了一家便宜的汽車旅館。

sell out

★ 售完；賣完【通常用被動式】

I wanted to buy that new computer game, but every store I went to was **sold out** of it.

我想買那個新的電腦遊戲，但我去的每一家店都賣完了。

straighten out

★ 拉直；弄直；整平

As the city grew, many of the winding streets were **straightened out**.

隨著都市成長，許多蜿蜒的小路都被截直了。

★ 釐清；解決問題

My hotel had me booked for the wrong days in the wrong room, but the manager **straightened** everything **out**.

我的旅館把我住宿的日期和房間搞錯了，但是經理把一切都解決了。

★（使人）改正；（向人）解釋清楚

I told my son that if he gets in trouble one more time, I'm going to send him to military school. That really **straightened** him **out**.

我告訴我兒子如果他再惹一次麻煩，我就送他進軍校。這招真的讓他變規矩了。

take over

★ 帶、拿（物）（去某地或給某人）

Jane's at home sick, so I'm going to **take** some chicken soup **over**. 珍生病在家，所以我打算帶一些雞湯過去。

★ 接管；接收

The hijackers **took over** the plane and ordered the pilot to fly to Havana. 劫機犯接管了那架飛機，並命令駕駛員飛往哈瓦那。

★ 接任；接替

Carlos Ortega will be **taking over** <u>as</u> sales manager next year. 卡洛斯‧歐特嘉明年會接任行銷經理。

Ortega **took over** <u>from</u> Margaret Cummings, who had been the sales manager for 14 years.
歐特嘉接替了瑪格麗特‧康明思的職位，她當行銷經理已有十四年之久。

★ 接手

When Linda was sick she couldn't care for her children, so her sister **took over** <u>for</u> her until she was well again. 當時琳達生病時無法照顧她的小孩，所以由她的妹妹接手直到她康復。

wipe out

★ 擦乾（淨）；抹去（水、髒污等）

Wipe the microwave **out** — it's got spaghetti sauce inside it. 把微波爐擦乾淨，裡面沾了義大利麵醬汁。

★ 殺光；消滅（人、雜草等）

The general said he would **wipe out** the rebels.

那個將軍說他會剷除叛亂份子。

第 40 課

MP3-40

blow off

★【口語】未做（該做的事）

I was supposed to report for jury duty Monday morning, but I **blew** it **off**.

我應該在星期一早上去報到擔任陪審團員，但是我並沒有去。

bring up

★ 把（物）向上、向北帶

Would you please go downstairs and **bring up** the package that was just delivered?

能不能請你下樓去把剛送到的包裹拿上來？

★（談話時）提起；提出

Last night during dinner, Dad **brought up** the idea of saving money by staying home instead of taking a vacation this year.

昨天晚餐時，爸爸提出今年待在家裡不去度假的省錢點子。

★ 扶養；養育

Bringing quadruplets **up** is a lot of work.

養育四胞胎非常辛苦。

I was **brought up** to believe in honesty and compassion.

我被教養成要相信誠實與憐憫。

burst out

★ 突然發出（笑聲、哭聲等）

When Sam heard the news, he **burst out** crying.

當山姆聽到那個消息，他放聲大哭。

come back

★ 回到；回來

I'm never **coming back** <u>to</u> this awful place again.

我再也不會回到這個爛地方。

★ 東山再起；捲土重來

Senator Dolittle lost in 1988, but he **came back** to win in 1994. 參議員杜立德在一九八八年落選，但在一九九四年他捲土重來並且當選了。

★ 再次發生；（病痛等）復發

I need to see the doctor. The pain in my shoulder has **come back**. 我得去看醫生。我的肩痛復發了。

★ 再度流行；重返潮流

Miniskirts are **coming back** this year.

迷你裙今年又流行起來了。

Western movies and TV shows go out of style and then
come back every few years.

西部電影和電視節目會退流行，然後每隔幾年又再次風行。

多學一點點

名詞片語：comeback（東山再起；捲土重來；再次發生；
復發；重新流行）

The Bulls were down by 34 points but won the game
with an 18-point lead — what a **comeback**!　公牛隊原本
落後三十四分，後來卻領先十八分贏得比賽；再起之勢令人驚嘆！

Health officials are concerned that tuberculosis is
making a **comeback**.　衛生官員們擔心肺結核會再次席捲而來。

I saved all my wide neckties because I knew they'd make
a **comeback** someday.　我把所有的寬領帶都留下來，因為我
知道它們有一天會再流行起來。

get off on

★【口語】愛好

Sally loves winter sports, and she especially **gets off on**
snowboarding.　莎莉喜愛冬季運動，而她特別愛好玩滑雪板。

go away

★ 離去；走開

Mark **went away** not realizing he had left his briefcase
behind. 馬克沒發現他忘記拿公事包就離開了。

★ 去旅行

We always **go away** <u>for</u> a few weeks in the winter.
我們冬天時都會去旅行個幾週。

★ 到外地；離家到（某地）

Some young people are nervous about **going away** <u>to</u>
school, but others look forward to it.
有些年輕人對於到外地唸書很緊張，不過也有些人很期待。

★ （病痛等）消失；減退

I have a pain in my back that never **goes away**.
我背痛的毛病一直沒消失過。

If the rain doesn't **go away**, we'll have to call off the game.
如果這場雨不停止，我們就得取消這場比賽。

run around

★ 跑來跑去

The cat **ran around** the room chasing the mouse.
那隻貓在房間裡跑來跑去追老鼠。

★ （為某事）到處跑；奔波

The woman was **running around** the store looking for her
lost child. 這位女士在店裡跑來跑去，尋找她走失的孩子。

stick with

★ 堅持；堅守；不放棄（計劃、工作等）

Todd thought about a career but decided to **stick with**
teaching. 塔德考慮過要有一番事業，但後來決定固守教書這一行。

★ 繼續使用

My wife wants me to switch to decaffeinated coffee, but
I'm going to **stick with** regular.
我老婆希望我換喝無咖啡因的咖啡，不過我還是要繼續喝普通咖啡。

★ 緊跟著；忠心於（人）

It'll be very crowded at the festival, so **stick with** me so
you don't get lost.
這場慶典會人擠人的，你要緊跟著我才不會走失。

That other guy running for senator had some good ideas,
but I'm going to **stick with** Senator Dolittle. 另外那個角逐參
議員的人有些好想法，不過我還是會忠心支持參議員杜立德。

★ 把（事物）強加於（人）

I'm sorry to **stick** you **with** all this work, but you're the only
one who can do it.
我很抱歉把這堆工作全都丟給你，不過你是唯一能做的人。

美國人 365 天都在用的英文片語

break in

★ 闖入；強行突破（某地）break in/into

A thief **broke in** and stole my TV.

有個小偷闖入，偷了我的電視。

★ 磨合；使（物）適應；訓練（人）

We're **breaking in** a new secretary, so things have been a bit confused at our office lately.

我們正在訓練一位新祕書，所以我們辦公室中的事務最近有點混亂。

 多學一點點

名詞片語：**break-in**（非法侵入）

The police investigated a **break-in** at the liquor store.
警方對那家酒店的非法侵入事件進行調查。

形容詞片語：**broken in**（已磨合的；已適應的；已訓練成的）

I don't want to wear those shoes to the dance. They're not **broken in** yet.
我不想穿這雙鞋去參加舞會。它們還沒穿合腳。

check in

★ 登記住房 **check in/into**

After I arrive in Denver, I'll go straight to my hotel and **check in**. 我到丹佛之後，會直接去我的旅館登記住房。

Jim **checked into** the hotel while I called home to check on the kids.
在我打電話回家探問小孩狀況的同時，吉姆在登記入住旅館。

★ 辦理登機手續

You should **check in** at least two hours before your flight.
你應該在飛機起飛至少兩個小時前辦理登機手續。

多學一點點

名詞片語：**check-in**（登機報到【的櫃台】）

Before your flight you have to go to the **check-in** counter. 搭機前，你得先去登機報到櫃台。

★ 辦理托運（行李等）

That bag is too big for carry-on — you'll have to **check** it **in**. 這個包包太大了，不能隨身帶上飛機；你得辦理托運。

★ 保持聯絡以確認狀況

After surgery, you'll need to **check in** once in a while to make sure the bone is healing properly.

手術後，你需要偶而回來報到，以確定骨頭的復元情況良好。

check out

★ 辦理退房

Mrs. Garcia **checked out** of her hotel and took a taxi to the airport. 賈西亞太太退了她的旅館房間，搭計程車到機場。

多學一點點

名詞片語：**checkout**（退房）

We can sleep late tomorrow; **checkout** time isn't until 1:00 P.M. 我們明天可以睡晚一點；退房時間要到下午一點。

★ 查看；仔細瞧（物、某地）

That new Mexican restaurant is great — you should **check** it **out**. 那家新的墨西哥餐廳很棒；你應該去看看。

★ 調查（人）；經調查為正確

Applicants for childcare jobs should be thoroughly **checked out**. 應徵幼兒照顧工作的人都應該被詳細調查。

★ 結帳

The store's closing in a few minutes. We'd better **check out**. 這家店幾分鐘後就要關門了。我們最好去結帳。

多學一點點

名詞片語：checkout（結帳處）

You get the bathroom stuff, I'll get the groceries, and we'll meet at the **checkout** counter.
你去拿衛浴用品，我去拿食品雜貨，然後我們在結帳櫃台見。

---

go in

★ 進去；進入（某地）**go in /into**

Frank **went into** the kitchen to get a cup of coffee.
法蘭克進到廚房裡去倒咖啡。

★（物）置於（某處）；放得進去

All those clothes will never **go in** this small suitcase.
這些衣服沒辦法全塞進這個小行李箱裡

★ 加入（戰局）；進入（戰場）

The National Guard was ordered to **go in** and stop the riot. 國民警衛隊受命介入終止暴亂。

let in

★（人）允許（人或物）進入 **let...in/into**

The guard wouldn't **let** me **into** the stadium because I had forgotten my ticket.

那個警衛不讓我進入體育場，因為我忘了帶票。

★（門窗等）讓（物）進得來 **let...in/into**

The hole in the screen is **letting** the mosquitoes **into** the house. 紗窗上的洞讓蚊子飛進屋裡來。

plug in

★ 插電；插入 **plug...in/into**

I **plugged** my 110-volt TV **into** a 220-volt outlet and ruined it. 我把我一百一十伏特的電視插在兩百二十伏特的插座上，結果把它弄壞了。

This phone isn't broken; you just forgot to **plug** the phone cord **in**. 電話沒壞，你只是忘了把電話線插上。

 多學一點點

> 形容詞片語：**plugged in** 已插電的；插上的
> Be careful with that iron — it's **plugged in**.
> 小心那個熨斗，它已經插上電了。

sneak in

★ 偷溜進入 **sneak in/into**

When I was a kid I used to sneak into the movie theater through the emergency exit.
我小時候常常從緊急逃生出口溜進電影院。

sneak out

★ 偷溜出去

The principal caught me **sneaking out** <u>of</u> my chemistry class. 校長逮到我從化學課偷溜出來。

Focus on ★

片語動詞當名詞

　　我們提過，有些二字片語動詞在當及物動詞用的時候需要有第二個質詞，變成三字片語動詞。許多帶有 in 的片語動詞意思和「進入」或「穿透」有關。如果被進入或穿透的東西有被指明出來，這些動詞就會變成及物動詞，但是不須加上第二個質詞，而是將 in 改成 into。我們也可以把 into 視為由 in 和 to 這兩個質詞組成的一個字。例如：

The thief **broke in**. （那個小偷闖入。）

The thieves **broke into** the jewellery store.
（那些小偷闖入了這間珠寶店。）

　　不過，這種情況只適用於意思與「進入」或「穿透」有關的時候，並非所有的意思都如此。有些帶有 in 的片語動詞並沒有改成 into 的用法（本課會介紹），而有些帶有 into 的片語動詞並沒有改成 in 的用法（本課不介紹）。此外，有時候可選擇用或不用 into，此類動詞在當及物動詞時用 in 或 into 皆可。

　　我們在本課也會看到，通常帶有 in 和 into 的片語動詞，相對應地會有帶 out 和 out of 的片語動詞做為其反義詞。例如：

I **sneaked in**. （我溜進來。）

→ I **sneaked into** the house. （我溜進這間房子。）

I **sneaked out**. （我溜出去。）

→ I **sneaked out of** the house. （我溜出這間房子。）

MP3-42

get back

★ 返回（某地）；回復（某狀態）

We left three weeks ago, and we didn't **get back** until yesterday. 我們三個星期前離開，直到昨天才回來。

★（把某物）拿回去；歸還

I have to **get** these books **back** <u>to</u> the library — they're overdue. 我必須把這些書拿去還給圖書館；它們都逾期了。

★（把某物）拿回來

I couldn't believe I **got** my stolen car **back**.
我不敢相信我遭竊的車找回來了。

★ 後退；離開（物）

Get back <u>from</u> the edge of the cliff! You might fall.
離開懸崖邊！你可能會摔下去。

get behind

★ 落後

Linda had some problems last semester, and she **got behind** in her studies.

琳達上學期有些問題，所以在課業上落後了。

get by

★ 通行；通過

There was an accident on the highway, and no one could **get by**. 高速公路上發生了意外，沒人能通過。

★ 勉強度日

It's not easy **getting by** on $250 a week.

一個星期只靠二百五十元過日子並不容易。

★ 逃掉；逃過（某人的）注意

I checked this report twice. How did all these misspellings **get by** me?

這個報告我檢查過兩次。這些拼字錯誤是怎麼逃過我的眼睛的？

get down

★ 向下、向南移動

You're going to fall out of that tree and break your neck. **Get down** right now!

你會從樹上掉下來折斷脖子。現在就給我下來！

★（把某物）拿下來；（把某人）帶下來

The firefighters **got** the people **down** <u>from</u> the roof of the burning building.　消防隊員把人們從失火大樓的屋頂上帶下來。

★ 彎下身；低身（躲起來）

Get down! If the police catch us here we'll be in a lot of trouble.　低下身來！如果警察在這裡抓到我們，我們的麻煩就大了。

★（使人）沮喪；心情低落

Jim's marriage problems are really **getting** him **down**.
吉姆的婚姻問題真的讓他心情低落。

get in

★ 進入　**get in/into**

We'd better **get into** the school — the bell's going to ring soon.　我們最好進學校去；鐘很快就要響了。

★ 得以進入；使人進入　**get...in/into**

We'll never **get into** that club; we don't know the right people.　我們永遠進不了那間俱樂部；我們並不認識什麼要人。

★（把某物）塞進去　**get...in/into**

The shoes are too small — I can't **get** my feet **in**.
這雙鞋太小了，我沒辦法把腳塞進去。

★ 惹上；涉入（麻煩）　**get...in/into**

Susie **got in** a lot of trouble at school today.
蘇西今天在學校惹了很多麻煩。

★ 到達 **get in/into**

I'm exhausted. I **got in** really late last night.

我累死了。我昨天很晚才回來。

★ 進貨

Karen asked the sales clerk when the store was going to **get** some summer dresses **in**.

凱倫問店員那家店什麼時候會進一些夏裝。

★ （把某事）安排進時間表

Dinner isn't until 7:30, so we've got time to **get** a tennis game **in**. 晚餐要到七點半才能吃，所以我們還有時間打一場網球。

get out

★ 出去：從（空間、交通工具等）裡面出來

When Bob heard his car's engine making a strange noise, he **got out** and looked under the hood.

鮑柏聽到他車子的引擎發出怪聲，於是下車打開引擎蓋查看。

★ 離開市區：向西行

I love it here in the city. I almost never **get out** <u>to</u> the suburbs anymore. 我喜歡待在這個城市。我幾乎再也不去郊區了。

★ （把人）救出來：（從某處）帶出來

After Hank was arrested, his lawyer **got** him **out** <u>of</u> jail.

漢克被逮捕之後，他的律師把他從監獄裡弄出來。

★（使）脫離（危險、困境等）

Erik made a date with two girls for the same night. How is he going to **get out** of this mess?

艾瑞克同一個晚上和兩個女生約會。他要怎麼跳脫這個困境呢？

You got me into this mess — you **get** me **out**!

是你讓我惹上這個麻煩的，你得把我解救出來啊！

★（把物）拿出來

The videotape is jammed; I can't **get** it **out** <u>of</u> the VCR.

錄影帶卡住了，我沒辦法把它從錄影機裡拿出來。

★ 去除（污漬等）

Do you think bleach will **get** this wine stain **out** <u>of</u> my white shirt?　你覺得漂白劑能把這個酒漬從我的白上衣上洗掉嗎？

★（消息等）走露；曝光

There was a huge scandal after the news **got out**.

在那個消息曝光之後，爆出一樁大醜聞。

★ 出門；外出

You work too hard; you should **get out** more.

你工作太辛苦了，你應該多出去走走。

get over

★ 過去（某處）；過來

Susie, **get over** here and clean up this mess immediately!

蘇西，立刻過來這裡把這團髒亂清理乾淨！

★ 熬過;克服(困難、病痛等)

I've got a bad cold. I've been sick for a week, and I still haven't **gotten over** it.

我得了重感冒。我已經生病一個禮拜了,到現在還沒康復。

★ 釋懷

I can't **get over** seeing my ex-wife with her new husband.

我無法釋懷看到我的前妻和她的新任老公在一起。

get up

★ 向上、向北移動

I haven't **gotten up** <u>to</u> my brother's house in Canada for a long time. 我已經有好長一段時間沒北上到我哥哥在加拿大的家了。

★ (叫人)起床

I make breakfast; **getting** the children **up** and ready for school in the morning is Bill's job.

我做早餐;早上叫孩子們起床準備好上學是比爾的工作。

★ 起身;站起來

After he hit me, I **got** right **up** and hit him back.

他打了我之後,我立刻站起來還手打他。

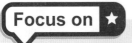

Focus on ★

動詞 get 的片語動詞

　　許多片語動詞以 get 作為基本動詞，但要注意的是，get 在這些片語動詞中，和單字動詞 get 不一樣，不是「接受」或「得到」的意思。Get 在片語動詞中的意思比較像「變成」或「改變成」。例如：

　　I **got up** at 6:00.（我六點起床。）

　　【先前我還沒起床，之後我變成起床，所以我從沒起床改變成起床。】

　　另外，許多 get 的片語動詞牽涉到具體的位置改變，和 come 或 go 的各種片語動詞意思相似，和描述具體動作的動詞如 walk、run、move 等的意思一樣。例如：

　　I **came back** last night.（我昨晚回來。）

　　I **got back** last night.（我昨晚回來。）

　　不過二者間還是有些微的差別：get 強調位置的改變，come 和 go 等則強調從一地移動到另一地的動作。

blow out

★ 熄滅；吹熄

Don't open the window — the candles will **blow out**.
別開窗，蠟燭會熄掉。

I couldn't light my cigarette; the wind kept **blowing** the
match **out**. 我沒辦法點燃我的香菸；風一直把火柴吹熄。

★ 吹走；炸開；炸離（某處）

The force of the explosion **blew** all the windows **out**.
爆炸的威力把所有的窗戶都炸開了。

Look, there's a dead bird. The wind might have **blown** it
out of its nest. 瞧，有一隻死鳥。也許風把牠吹出了牠的巢。

 多學一點點

名詞片語：blowout 爆胎

Maria had a **blowout**, lost control of her car, and hit a
tree. 瑪麗亞的車子爆胎，車子失控，接著撞上一棵樹。

★ （電器、保險絲等）燒斷；燒壞

When lightning hit our house, it **blew** all the telephones **out**. 閃電擊中我們的屋子時，把所有的電話線都燒壞了。

give out

★ 發放；分送

They **gave out** free hats <u>to</u> the first 5,000 fans who entered the stadium.
他們發送免費帽子給前五千名進入體育場的歌迷。

★ （機器）停止運作；（物）用完

The explorers lost their way in the desert and died after their water **gave out**.
這些冒險家在沙漠裡迷了路，並在飲用水喝盡後喪命。

gross out

★ 【口語】讓人作嘔

Alex hates changing his little brother's diapers — it **grosses** him **out**.
艾力克斯討厭幫他的弟弟換尿布；那讓他感到噁心。

head toward

★ 前往（某地）

I'm **heading toward** Portland. Where are you going?
我打算去波特蘭。你要去哪裡呢？

run up

★ 往上跑（到某地）

If I'd heard the baby crying, I would have **run up** to his bedroom. 如果當時我有聽到寶寶哭，我就會跑上去到他的臥室了。

★ 積欠（債款等）

Giving my son a credit card was a mistake — he **ran up** a $2,500 bill in only one month.

給我兒子信用卡是錯的；他光一個月就積欠了二千五百元美金。

 多學一點點

名詞片語：**run-up**（價錢等）暴漲

Bill was lucky to buy 500 shares on the stock just before the big **run-up**. 比爾很幸運地在這支股票大漲前，買了五百股。

★ 跑向（某人）

After the explosion, a man covered with blood **ran up** to me and asked for help.

爆炸之後，一個全身是血的人跑過來向我求救。

shut up

★【口語】住嘴；不談（某事）

Marvin talks and talks and talks — he never **shuts up**.

馬文一直講一直講，講個不停；他從不閉嘴。

★【口語】使人閉嘴

Todd was making jokes about his wife at the party until she gave him a look that **shut** him right **up**.

塔德在派對上開他老婆的玩笑，直到她瞪了他一眼才讓他馬上閉嘴。

stop off

★ 中途短暫停留

I would have **stopped off** <u>at</u> Sally's house this morning, but I was late for work.

我今天早上本來會到莎莉家一會兒，但是那時我上班遲到了。

try on

★ 試穿

She must have **tried on** twenty pairs of shoes before making up her mind.

她在做決定之前，肯定已經試穿過二十雙鞋了。

第 44 課

MP3-44

beat up

★【口語】揍；打

Timmy got **beaten up** at school today.

堤米今天在學校被揍了。

多學一點點

形容詞片語：**beat-up** 用舊的；用壞的

My car is an old, **beat-up** piece of junk.

我的車是一台又舊又爛的破車。

carry away

★（人）得意忘形；沖昏頭【必須用被動式】

I was going to make a dozen cupcakes for desert tonight, but I got **carried away** and ended up making forty.

我本來打算做一打杯子蛋糕當作今晚的點心，但是我做得太投入，結果做了四十個。

kick out

★ 踢出；趕出

David drank too much and got himself **kicked out** <u>of</u> the bar. 大衛喝太多了，結果害自己被踢出酒吧。

lock up

★ 把（門窗、房屋等）鎖上

We **locked** our house **up** before we went on vacation. 我們去度假前先把房子的門窗都鎖好。

★ 把（人）關進監獄

The police **locked** Hank **up** after they caught him shoplifting. 警察抓到漢克順手牽羊後把他關起來。

mix up

★ 混合；攪和

Put in the eggs, butter, sugar, flour and water, and then **mix** it **up** well. 把蛋、奶油、糖、麵粉和水放進去，然後充分攪和。

★ 搞混

Newborn babies sometimes get **mixed up** in the hospital.

新生兒在醫院裡有時會被搞混。

 多學一點點

形容詞片語：**mixed up** 搞糊塗的；（情緒、行為）混亂的

Jimmy is a **mixed-up** kid who gets in trouble with the police a lot. 吉米是個迷惘的小孩，常常跟警方惹上麻煩。

名詞片語：**mix-up** 搞錯；誤解；混亂（的狀態）

Waiter, I think there's been a **mix-up**. I asked you for a chicken salad sandwich, but you brought me a tuna salad sandwich. 服務生，我想你弄錯了。我跟你點的是雞肉沙拉三明治，但是你給我鮪魚沙拉三明治。

piss off

★【口語】惹人不爽【有些人會覺得粗魯】

Don't make a lot of noise when Mark is trying to study; it **pisses** him **off**. 馬克想唸書時，不要發出噪音，那會讓他很不爽。

rip off

★【口語】偷竊；詐騙；敲竹槓

Don't do business with Marvin; he **rips** everyone **off**.

別和馬文做生意；他誰都敲竹槓。

stress out

★【口語】使人緊張；給人壓力

Having that new manager around watching me all the time is **stressing** me **out**.

有那個新來的經理一直在附近盯著我，讓我壓力好大。

Focus on ★

動詞 get+ 分詞形容詞或被動式之片語動詞

get + (形容詞) (分詞形容詞) (過去分詞)

▶ get + 形容詞：get = become「變成、成為」

在英語中，get 後面加上形容詞是很常見的用法。但這並不是被動。在這裡 get 的意思和 become「變成、成為」相似。例如：

She <u>got</u> sick yesterday.（她昨天生病了。）

She <u>became</u> sick yesterday.（她昨天病了。）

▶ get + 過去分詞：被動語態的一種

用 get 來代替 be 動詞以形成被動語態也很常見；規則也和一般被動一樣，get 後面加過去分詞。例如：

Judy <u>got</u> **kicked out** of school.（茱蒂遭到退學。）

Judy <u>was</u> **kicked out** of school.（茱蒂被退學。）

然而，使用 be 動詞的被動語態和使用 get 的被動語態還是有一點不同。用 get 的時候通常（但不一定）暗示主詞對於發生的事多少要負一部分責任。例如：Judy <u>got</u> **kicked out** of school.（茱蒂遭到退學。）這個句子會讓人認為，也許因為茱蒂做錯了事，所以導致她被趕出學校。有時候如果要清楚表示主詞確實必要為發生的事負責，可以加上反身代名詞。例如：Judy <u>got</u> herself **kicked out** of school.（茱蒂使自己被退學。）

▶ get + 過去分詞形容詞：是形容詞還是被動語態？

如同我們在本書中所見，在英文裡有許多動詞的過去分詞被用來當形容詞用。當 get 後面接過去分詞時，有時並不清楚這個句子是被動式，還是過去分詞當形容詞用。例如：

I <u>got</u> **mixed up** last week. (我上個禮拜搞得很糊塗。)

I <u>became</u> **mixed up** last week. (我上個禮拜變得很糊塗。)

在上面的例子中，我們可以看到過去分詞是被當成形容詞用，因為 get 可以用 become 來代替。不過要注意，在這個句子之後也可以加上 by，來表示它是被動語態。例如：

I <u>got</u> **mixed up** by all the confusing road signs last week.
(我上個禮拜被那一大堆混亂的路標弄糊塗了。)

我們又再次看到，英語中的形容詞和過去分詞關係密切，而且要分辨這兩種用法並不容易。幸好這通常不是很重要。重要的是能隨心使用過去分詞當形容詞，並且了解其實兩者通常沒什麼差別。

turn down

★ 調小；調低（電器等）

Could you **turn** the radio **down**? I'm trying to sleep.

你可不可以把收音機關小聲點？我想要睡覺。

★ 拒絕；回絕（人或要求）

I asked Nancy to go to the dance with me, but she **turned me down**. 我邀請南西和我一起去參加舞會，但她拒絕了我。

My request for a pay raise was **turned down**.

我請求加薪被回絕了。

turn in

★ 檢舉（人）；交給警方

The escaped prisoner got tired of running and **turned himself in**. 那名逃犯厭倦了逃亡，於是自首了。

★ 交還；歸還（物）

The police officer was ordered to **turn in** her badge after she was caught taking a bribe.

那名員警被抓到收受賄賂之後，被命令交出她的警徽。

★ 交出；交上（考卷、報告等）

Melanie asked her teacher if she could **turn** her project **in** late. 米蘭妮問她的老師，她是否可以遲交報告。

★ 去睡覺

I'm really tired; I'm going to **turn in** early.
我真的累了，我要早點去睡覺。

turn into

★ 轉變成；變成

It was cold and rainy this morning, but it **turned into** a nice day. 今天早上又冷又下雨，但後來轉變成好天氣。

★ 把（物）變成（物）

The children **turned** the big box **into** a playhouse.
孩子們把這個大箱子變成了遊戲屋。

turn off

★ 關掉（電器開關等）

Would you **turn** the light **off**? I want to go to bed.
你可不可以把燈關掉？我想睡覺了。

When I'm driving and have to wait for a long freight train to pass, I always **turn** my car **off**.
當我開車必須等候一長列載貨火車通過時，我都會把車熄火。

和 turn off 類似的還有 switch off 和 shut off。

多學一點點

形容詞片語：**turned off**（電器等）關掉的；關著的
I can't see anything — the lights are **turned off**.
我什麼都看不到；電燈被關掉了。

★【口語】使（人）失去興趣或好感

I got **turned off** when she lit a cigarette.
她點燃香煙的時候，我就對她失去了興趣。

★（人）離開道路；（路）分岔

The path to the cabin **turns off** just after the big tree
stump. 通往那棟小屋的路過了那個大樹根後就岔開了。

turn on

和 turn on 類似的用法是 switch on，相反的則是 turn off。

★ 打開（電器開關等）

Can you **turn** the light **on**, please? It's
dark in here.
可以請你把燈打開嗎？這裡面很暗。

多學一點點

形容詞片語：**turned on**（電器等）打開的；開著的
Be careful of the stove — it's **turned on**.
小心那個爐子，它是開著的。

★【口語】使（人）產生興趣或好感

Erik's blue eyes **turn on** his wife.
艾瑞克的藍眼睛讓他的妻子著迷。

★ 反目；背叛

Lydia used to be my friend, but now she's telling people terrible things about me. I wonder why she **turned on** me like that?

莉迪亞以前是我的朋友，不過現在她卻跟別人說我的壞話。我不知道她為什麼會那樣子跟我反目成仇？

★【口語】告知

This is a good book. Thanks for **turning** me **on** to it.

這是一本好書。謝謝你告訴我有這本書。

turn out

★ 結果；竟然【通常後面會跟著 [to be + 形容詞] 或 [不定詞 + 名詞] 或 [完整子句]】

I didn't think I would like my brother's new wife, but she **turned out** to be very nice.

我本來不覺得我會喜歡我哥哥的新太太，結果她人很好。

★（事物）結果變成

The pictures **turned out** perfectly. 那些照片拍得很完美。

★ 生產；製造出

High schools in America are **turning out** people who can barely read. 美國的高中不斷製造出幾乎無法閱讀的人。

★ 到場；出現；參加

Thousands of people **turned out** to see the Pope when he visited. 成千上萬的群眾在教宗來訪時到現場看他。

turn over

★ 翻面；翻覆

The driver was killed when his car **turned over**.
那名駕駛在他的車翻覆時喪命了。

★ 交付；移交（物）

After the thieves are captured, the stolen items will be
turned over <u>to</u> the rightful owners.
在那些小偷被逮補後，失竊物品會交給合法的所有人。

★ 把（人）交給警方

I caught a burglar in my basement, and I **turned** him **over**
<u>to</u> the police.　我在地下室抓到了一個竊賊，然後把他送交警方。

★（人員）流動；更換

We have a very stable work force in our plant. Employees
turn over very slowly.
我們工廠的勞動力很穩定。員工更替得很慢。

★ 進銷；買賣（貨物）

We're **turning over** forty cases of bananas a week in this
supermarket.　在這家超市，我們一週可進銷四十箱香蕉。

turn up

★ 調高；轉大（電器開關等）

「調低、轉小」就是
ture down。

It was freezing in here last night, so I
turned up the heat.
昨晚這裡很冷，所以我把暖氣轉強。

★ 發現；找到

Despite a thorough search, the murder weapon still hasn't **turned up**. 儘管做了徹底的搜索，謀殺的凶器還是沒找到。

★（人）出現

It's hard to plan a picnic when I don't know how many people will **turn up**.
如果我不知道有多少人會來，很難計畫一場野餐。

build in

★ 嵌建；內建 **built...in/into**

I told the builder that I wanted him to **build** some shelves **in**.

我告訴建商，要他嵌建幾個架子。

In the past, FM radios weren't **built into** cars — you had to add one later if you wanted one.

在以前，FM 收音機並未內裝在車子裡；你想要的話，得日後自行加裝。

 多學一點點

形容詞片語：**built-in** 內建的；內嵌的

The sound from the stereo goes to **built-in** speakers in every room of the house.

音響的聲音傳送到這棟房子每個房間裡內嵌的揚聲器。

bump into

★ 撞上；撞到

Would you please move these boxes? I keep **bumping into** them.

可不可以請你把這些箱子移開？我一直撞到它們。

★ 偶然遇見；碰到（人）

We **bumped into** Sarah at the mall today.

我們今天在購物中心碰到莎拉。

con into

★【口語】哄騙（人）做（某事）

That crooked mechanic tried to **con** me **into** paying for a lot of repairs my car didn't need.

那個狡詐的技工試圖騙我花錢為我的車子做一堆不需要的維修。

con out of

★【口語】哄騙（人）給（某物）

Marvin **conned** them **out of** their life savings.

馬文哄騙他們把一生的積蓄都給了他。

freak out

★【口語】（使人）情緒異常激動（煩亂、暴怒、驚嚇等）

Melanie **freaked out** when she learned that her husband had been arrested for murder.

在米蘭妮獲悉她丈夫犯了謀殺罪被逮捕時，情緒非常激動。

make for

★ 促成；導致

Alcohol and teenage drives **make for** trouble.

酒精加上未成年駕車，肯定會造成麻煩。

★【口語】迅速去到（某地）

After the robbery, the bank robbers **made for** the border.

在搶劫之後，銀行搶匪迅速朝邊界而去。

talk into

★ 說服（人）做（某事）

My father didn't want to let me use his car Friday night, but I **talked** him **into** it.

我父親不想讓我週五晚上用他的車，但我說服他這麼做。

talk out of

★ 說服（人）不做（某事）

That man was going to jump off the building, but the police officer **talked** him **out of** it.

那個人本來要從大樓上跳下去，但那位警官說服他打消了念頭。

brush up

★ 復習；溫習

Frank's going to Peru next month, so he's been **brushing up** <u>on</u> his Spanish.

法蘭克下個月要去祕魯，所以正在溫習他的西班牙文。

come in

★ 進來；進入　come in/into

Welcome to my house. Please **come in**. 歡迎來到我家。請進。

★（交通工具）抵達；進站

David's plane hasn't **come in** yet. 大衛的飛機還沒抵達。

★ 進公司（上班）

The manager is angry with Linda because she **comes in** late every day. 那個經理生琳達的氣，因為她每天都遲到。

★（物）到貨

Let's go shopping at Macy's tomorrow; the summer clothes have **come in**.

我們明天去梅西百貨公司購物吧，夏裝已經到了。

★ 備用；用得著 come in (handy)

When I travel, I always take a small sewing kit with me; it really **comes in** handy if a button falls off.

我旅行時都會帶著小針線包；如果鈕扣掉了就很管用。

cut back

★ 削減開支；節省

The President said he was against **cutting back** <u>on</u> spending for education.

總統說他反對刪減教育支出。

★ 節制；減量

Mark hasn't been able to quit smoking, but he has **cut back** a bit.

馬克還是沒辦法戒煙，不過他已經少抽一點了。

move in

★ 搬進；搬入 move in/into

The landlord said we could **move** right **in** if we want to.

房東說，我們要的話可以立刻搬進去。

★ 幫（人）搬家；搬（物）進入 move in/into

The movers **moved** me **in** in less than two hours.

搬家工人不到兩個小時就幫我搬好家了。

★ 搬去（同住）

My Aunt Kathy might **move in** <u>with</u> her son and his family.

我的凱西阿姨可能會搬去和兒子一家人同住。

move out

★ 搬出

Could you help me **move out**? I have to be out by the end of the month.

你可以幫我搬出去嗎？我得在這個月底前搬走。

★ 幫（人）搬出；把（物）搬出

One of our roommates wasn't paying his rent, so we **moved** his stuff **out** while he was at work.

我們的其中一個室友不付房租，所以我們趁他上班時把他的東西搬出去。

pull out

★（交通工具）開出來

You should fasten your seat belt before you **pull out** <u>of</u> the parking space.

在你把車開出停車位前，應該繫好安全帶。

★ 退出；脫離（協議等）

The French company reconsidered its agreement to build a plant in Canada and decided to **pull out**.

那家法國公司重新考慮了它在加拿大蓋工廠的協議，並決定退出。

★（軍隊）撤退；撤兵

When Sergeant Jones saw the enemy soldiers getting close, he ordered his men to **pull out**.

當瓊斯中士看見敵兵接近時，他命令他的弟兄撤退。

put in

★ 放入；放進去 **put...in/into**

The clerk **put** the bottle **into** the bag and gave me a receipt.

店員把瓶子放進袋子裡，並給了我一張收據。

★ 存錢 **put...in/into**

We **put** $10,000 **into** our savings account.

我們存了一萬元美金到我們的存款帳戶裡。

★ 安置（人）；把（人）關起來 **put...in/into**

Marvin should be **put into** a mental institution.

馬文應該被關進精神病院。

★ 投注；投入（時間、心力等） **put...in/into**

I **put** a lot of time **into** becoming a doctor.

我投注了很多時間方才成為醫生。

★ 出錢；投資 **put...in/into**

I've already **put** $100,000 **into** this business. I hope it starts making money soon.

這個事業我已經投資十萬美元。我希望它會很快開始賺錢。

★（在建築物內）裝設；建造

Erik and Nancy are thinking about **putting in** central air conditioning.

艾瑞克和南西正考慮裝設中央空調。

★ 把（人）置於（情況、職位等）

You've **put** Jim **in** a very awkward situation.

你讓吉姆陷入了一個很尷尬的處境。

Margaret Cummings was **put in** charge of the sales department.

瑪格麗特・康明斯被任命掌管銷售部門。

run out

★ 跑出；跑離（某地）

When I opened the door, the dog **ran out** <u>of</u> the house.

我開門時，狗從屋內裡跑了出去。

★（人）用光；用完（物）

Sam was late to work this morning because he **ran out** <u>of</u> gas.

山姆今天早上上班遲到，因為他的車沒油了。

★（物）耗盡

I played poker last night, and for a while I was ahead by $3,000. But then my luck **ran out**, and I ended up losing it all.

我昨晚打撲克牌，有一會兒我贏了三千元美金。不過後來我的運氣用光了，結果把錢輸得一乾二淨。

不需要動詞的質詞

　　許多片語動詞的質詞常常單獨和 be 動詞一起使用，尤其是和具體的移動有關的片語動詞。在對話中，如果動詞在前面已經講過，為了避免重覆，就經常省略動詞，改用 be 動詞代替。例如：

Customer: Have you **run out** of coffee?
（顧客：你們的咖啡賣完了嗎？）

Store clerk: We'<u>re</u> **out** of regular coffee, but we'<u>re</u> not **out** of instant. （店員：我們的普通咖啡已經賣完了，但即溶咖啡還沒。）

Marsha: When do you have to **move out** of your apartment?
（瑪莎：妳什麼時候必須搬出妳的公寓？）

Nancy: I have to <u>be</u> **out** by next Wednesday.
（南西：我在下週三前必須搬出來。）

Jim: Did you **turn** the air conditioner **on**?
（吉姆：你是不是開了空調？）

Bob: No. It <u>was</u> **on** when I came in. （鮑柏：沒有。我進來時它就開著。）

Mother: Has your sister **woken up** yet? （母親：妳的姊姊起床了嗎？）

Susie: No. She'<u>s</u> still not **up**. （蘇西：還沒。她還沒起來。）

　　如果可由上下文推測說的是哪個片語動詞，也很常省略動詞而只用質詞。例如：

Raul: <u>Are</u> you **through**? （拉烏：你好了嗎？）

Todd: No, I won't <u>be</u> **through** until after 4:00.
（塔德：還沒，我要到四點之後才會好。）

如果這個對話發生在工作場所，那麼原本的片語動詞可能是 get through（辦完事）。不過，在某些特殊的情況中，可能的動詞也許不只一個。但對說話者來說，是哪個動詞也許不重要，所以不用特別去確定。例如：

Carlos: <u>Is</u> Karen **in**?（卡洛斯：凱倫進來了嗎？）

Paul: No, she <u>isn't</u>.（保羅：不，她還沒進來。）

如果這個對話發生在辦公大樓裡，合理的片語動詞有好幾個，例如：**come in**（進來）、**go in**（進去）、**get in**（進入）、(be) **let in**（被允許進入）等等。

MP3-48

close down

★ 休業；停業

The restaurant was **closed down** by the health department. 這家餐廳被衛生局停止營業。

knock out

★ 打昏；撞昏

The boxer **knocked** his opponent **out** with a blow to the head. 那名拳擊手一拳打在對手頭上，把他擊昏了。

★ 令（人）印象深刻、吃驚

Tom's new house is fabulous! It really **knocked** me **out**. 湯姆的新家太棒了！讓我印象非常深刻。

★ 費盡心力；使盡全力

Marsha's Thanksgiving dinner was fabulous. She really **knocked** herself **out**.

瑪莎的感恩節晚餐太棒了。她真的費盡了心力。

★ 破壞；摧毀（物）

The enemy radar installation was **knocked out** by a 500-

pound bomb. 敵軍的雷達設施被一顆五百磅的炸彈摧毀了。

look down on

★ 看不起；鄙視

Some people **look down on** Hank because his father was in prison. 有些人看不起漢克，因為他的父親坐過牢。

look up to

★ 尊敬；推崇

I've always **looked up to** my father because of his honesty and concern for others.
我一直都很尊敬我的父親，因為他誠實而且關懷他人。

put back

★ 放回；擺回

After you finish listening to my CDs, please **put** them **back**. 你聽完我的 CD 後，請把它們放回去。

★ 拖慢；耽誤

I had planned to finish college last year, but being hospitalized for several months **put** me **back**.
我計劃去年要完成大學學業，但是住院幾個月把我耽誤了。

★ 延後；延期

The graduation date will have to be **put back** if the teachers' strike doesn't end soon.
如果教師們的罷工不快點結束，畢業日期將必須延後。

★【口語】狂飲；猛灌（酒類）

I'm not surprised he has a hangover — he must have **put back** half a bottle of tequila.

我並不驚訝他會宿醉；他肯定灌掉了半瓶龍舌蘭。

switch off

★ 關閉；停止（電器開關等）

I **switched** the engine **off** and got out of the car.

我關掉引擎，走出車外。

switch on

★ 打開；啓動（電器開關等）

Push this button to **switch** the computer **on**.

按這個鈕來啓動電腦。

throw out

★ 把（物）丟棄；丟掉

Don't **throw** that newspaper **out** — I haven't read it yet.

別把報紙丟掉，我還沒看。

★ 把（人）趕出；趕離

I haven't paid the rent in six months, and I'm worried that the sheriff will come and **throw** us **out**.

我六個月沒付房租了，我擔心警長會來把我們趕出去。

第 49 課

MP3-49

clog up

★ 塞住；堵塞

Don't pour that bacon grease in the sink — you'll **clog** the drain **up**.
別把培根的油脂倒進水槽裡，你會把排水管塞住。

Dr. Smith said my arteries were so **clogged up** by plaque deposits that it was a miracle I was still alive.
史密斯醫生說我的動脈被血脂肪沉澱物堵塞得很嚴重，我還活著簡直是奇蹟。

get ahead

★ 成功；進步

With your pessimistic attitude, you'll never **get ahead**.
以你這種悲觀的態度，你永遠都不會進步。

Getting ahead is pretty easy when your father owns the company. 如果你的父親是這家公司的老闆，要晉升就很容易。

get back to

★ 稍後再談；回覆

I don't have time to talk now; I'm really busy. Can I **get back to** you?

我現在沒時間說話；我真的很忙。我稍後再跟你談可以嗎？

get on

★ 站、坐、躺在（物）上

The nurse asked me to take off my shirt and **get on** the examination table.

護士叫我把襯衫脫掉，躺在檢驗檯上。

★ 騎上

Getting on a camel isn't as easy as getting on a horse.

騎上駱駝不像騎上馬那麼簡單。

★ 登上；乘上（車、船、飛機等）

Only people who are going on the cruise can **get on** the ship.

只有參加乘船遊覽的人才能登上這艘船。

★ 穿戴上

Get your coat **on**. It's cold outside.

穿上你的外套。外面很冷。

★ 繼續

I didn't say you could stop! **Get on** <u>with</u> your work.

我沒說你可以停下來！繼續做你的事。

get to

★ 抵達；把（人）送到（某地）

Sarah left her house at 8:30 and **got to** the beach at 9:15.

莎拉八點三十分離開家，九點十五分到達海灘。

★ 達到（程度、數量等）

When I run, I always try to **get to** five miles before I quit.

我跑步的時候，都會試著跑五英哩才停下來。

★ 著手做（事）；開始工作

I didn't have time to do the ironing last night. I'll try to **get to** it tonight.

我昨晚沒時間燙衣服。我今晚會燙。

★【口語】逐漸開始（某行動）

Dad **got to** thinking that maybe we ought to move to Los Angeles and try to find work there.

父親慢慢開始認為，也許我們應該搬到洛杉磯，並嘗試著在那裡找工作。

★ 得以做（某事）

Timmy was excited because he **got to** ride a pony.

堤米很興奮，因為他可以騎小馬。

★ 困擾；惹惱（人）

Jim's constant complaining is really starting to **get to** his wife.

吉姆不斷的抱怨真的開始惹惱他老婆了。

hang on

★ 緊抓住

If she'd **hung on** <u>to</u> my hand, she wouldn't have fallen off the cliff. 如果她有抓緊我的手，就不會從懸崖掉下去了。

★【口語】稍候；稍等

Hang on for a minute — I'll be right back.
稍等一下，我馬上回來。

start off

★（人、活動）開始

The singer **started** the concert **off** <u>with</u> a song from her latest CD.
那位歌手以一首她最新專輯中的歌曲開始了這場演唱會。

★ 起初是；開始時是（某狀態）

The day **started off** nice, but it got cold and cloudy.
這天剛開始時風和日麗，但後來變得又陰又冷。

throw away

★ 扔掉；丟棄

If you've finished with these papers, **throw** them **away**.
如果你看完這些報紙，把它們扔掉。

★ 白白放掉；錯失

This is your last chance to save your marriage, so don't **throw** it **away**. 這是你挽救婚姻的最後機會，別錯失掉了。

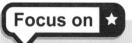

動詞 get 和質詞 right、back、to 的各種組合

　　本章的焦點是二字片語動詞 get to 和三字片語動詞 get back to 的延伸意義。Get 和 to 能與許多不同的質詞和副詞組合成片語，我們嘗試在本章中找出一些規則，尤其是當它們與 right 和 back 連用的時候。另外還要說明，許多由 get 和一個質詞組成的片語動詞，其實都是 get to 的變體，可以用 right 或 back 來修飾。

　　前面提到過，back 有時候是片語動詞的一部分，有時候是用來修飾片語動詞的副詞。不過我們在本課將會看到，片語動詞 get back (to) 和用 back 修飾的片語動詞 get to（get back to），在意思上通常沒有差別。

▶ Get to 的意思

① Get to 可用來表示「到達」。我們可以用這個意思為基礎，來理解第 42 課討論過的一些片語動詞。例如：

Bill **got to** Peoria.【Bill arrived in Peoria.】
（比爾去皮歐利亞。）【比爾抵達皮歐利亞。】

Bill **got back** to Peoria.【Bill returned to Peoria.】
（比爾回去皮歐利亞。）【比爾返回皮歐利亞。】

Bill **got up** to Peoria.【Bill arrived in Peoria from the south.】
（比爾北上到皮歐利亞。）【比爾從南方到達皮歐利亞。】

Bill **got down** to Peoria.【Bill arrived in Peoria from the north.】
（比爾南下到皮歐利亞。）【比爾從北方到達皮歐利亞。】

Bill **got over** to Peoria.【Bill arrived in Peoria from the east or west.】
（比爾到皮歐利亞去。）【比爾從東方或西方到達皮歐利亞。】

Bill **got out** to Peoria. (Bill arrived in Peoria from the east or from a large city.)（比爾出來到皮歐利亞。）【比爾從東方或大城市到達皮歐利亞。】

亞。】

　　從以上例句，我們可以看出 get back (to)、get up (to)、get down (to)、get over (to) 和 get out (to) 都是 get to 的變體，只是多了附加的訊息。這些片語動詞都可用 right 來修飾，表示「立刻地」、「很快地」或「直接地」：

Bill **got** right **back** to Peoria.【Bill returned to Peoria quickly.】
（比爾立刻回到皮歐利亞去。）【比爾很快地返回皮歐利亞。】

　　但是，特別注意 get to work 有兩種意義，相似但不完全一樣。Get to work 可以表示「抵達某人工作的地點」，例如：

Ann **got to** work.【Ann arrived at the place where she works.】
（安去上班了。）【安抵達她工作的地方。】

　　但 get to wrok 也可以指開始工作，和地點改變沒有任何關係（參見以下第 3 點）。例如：

Joe **got to** work.【Joe started working.】
（喬上工了。）【喬開始工作。】

Joe **got** back **to** work.【Joe started working again.】
（喬回去工作。）【喬再次開始工作。】

Joe **got** right **to** work.【Joe started working immediately.】
（喬很快地上工了。）【喬立刻開始工作。】

Joe **got** right back **to** work.【Joe started working again immediately.】
（喬很快地回去工作。）【喬立刻開始再次工作。】

　　由以下這個句子就能看出這兩個意義的差別：

I **got** work at 9:00, but I didn't **get to** work until 10:00.
（我九點到公司，但一直到十點才上工。）
【I arrived at my office at 9:00, but I didn't start working until 10:00.】

【我九點抵達我的辦公室，但一直到十點才開始工作。】

② Get to 可用來表示「達到某個層級、總數或數量」。我們可以用這個意思為基礎，來理解第 42 課討論過的一些片語動詞。例如：

Jane **got to** 120 pounds.【Jane's weight reached 120 pounds.】
（珍達到一百二十磅。）【珍的體重達一百二十磅。】

Jane **got back** to 120 pounds.【Jane weights 120 pounds again.】
（珍回到一百二十磅。）【珍的體重再次回到一百二十磅。】

Jane **got up** to 120 pounds.【Jane used to weigh less than 120 pounds.】
（珍上升到一百二十磅。）【珍以前的體重不到一百二十磅。】

Jane **got down** to 120 pounds.【Jane used to weigh more than 120 pounds.】
（珍下降到一百二十磅。）【珍以前的體重超過一百二十磅。】

　　從以上例句，我們可以看出 get back (to)、get up (to) 和 get down (to) 都是 get to 的變體，只是多了附加的訊息。Get up (to) 和 get down (to) 可以用 back 來修飾，例如：

Jane **got** back **up** to 120 pounds.
（珍上升回到一百二十磅。）
【Jane used to weigh 120 pounds, lost weight, and then gained it back.】
【珍以前的體重是一百二十磅，後來她減輕了體重，然後又增加回來。】

Jane **got** back **down** to 120 pounds.
（珍下降回到一百二十磅。）
【Jane used to weigh 120 pounds, gained weight, and then lost it.】
【珍以前的體重是一百二十磅，後來她增加了體重，然後又減輕了回來。】

③ Get to 可用來表示「開始做某事」。例如：

I'll try to **get to** my homework after dinner.
（晚飯後，我會試著開始做功課。）

如果您開始做某件事，停下來，稍後又再開始做，就可以用 get back to 來表示。例如：

I'll try to **get** back **to** my homework after dinner.
（晚飯後，我會試著回來做功課。）

如果你開始做某件事，停下來，稍後很快地又再開始做，就可以用 get right back to 來表示。例如：

I'll try to **get** right back **to** my homework after dinner.
（晚飯後，我會試著很快回來做功課。）

記住，當 right 和 back 同時出現時，right 永遠在前面，不能寫成以下這樣的句子：

（×）I'll try to **get** back right **to** my homework after dinner.
　　（晚飯後，我會試著很快回來做功課。）

▶ **Get back to** 的意思

Get back to 可用來表示「稍後再和某人談話」。這是個三字片語動詞，沒有任何變體，back 或 to 都不能省略。例如：

If you're busy right now, you can **get back to** me later.
（如果你現在在忙，可以稍後再找我談。）

ask out

★ 約（人）出去、出遊

The Bakers called and **asked** the Ortegas **out**.

貝克家打電話邀請歐特嘉家出去。

come down to

★ 取決於；依靠

Learning a language **comes down to** practice, practice, practice. 學習語言靠的是練習、練習、再練習。

deal with

★ 處理；應付

There are many problems, but I can **deal with** only one at a time. 問題很多，但我一次只能處理一個。

★ 關於（主題）

The governor's speech **dealt with** the growing crime rate.

州長演說的主題有關犯罪率的成長。

hold on

★ 抓緊；緊抓住

When the horse jumped over the fence, I **held on** as hard as I could. 當馬跳過籬笆時，我盡我所能地用力抓緊。

★ 緊抓不放

We were **holding on** to each other as the tornado passed.
龍捲風經過的時候，我們緊抓著彼此不放。

★【口語】稍候；等一下

I've been **holding on** for fifteen minutes.
I can't wait any longer.
我已經等十五分鐘了。我沒辦法再等下去了。

這邊的 hold on，和之前學過的 hang on 一樣嚙！

pay back

★ 償還（款項）

Mark has never been **paid back** for all his sister's medical bills. 馬克幫他姊姊付的所有的醫藥費從來沒有得到償還。

★ 報仇；報復

I'll **pay** that guy **back** for the terrible things he's done to me if it takes the rest of my life.
就算要用上我的餘生，我也會向那個傢伙為他對我所做的惡行報仇。

take up on

★ 接受（提議等）

My brother has invited us many times to visit him in
Hawaii, and last winter we **took** him **up on** the offer. 我哥
哥多次邀請我們去夏威夷拜訪他，去年冬天我們就接受了他的好意。

turn around

★ 轉向；迴轉

Someone called my name, and I **turned around** to see
who it was. 有人叫我的名字，我轉過頭去看是誰。

★ 改善；扭轉（情勢等）

The quarterback completed four passes in the last five
minutes of the football game and completely **turned** it
around. 這名四分衛在那場美式足球賽最後五分鐘成功完成四次傳
球，完全扭轉了局勢。

多學一點點

名詞片語：**turnaround**（重大改善；逆轉）
We won the game in a last-minute **turnaround**.
我們在最後一分鐘逆轉贏得了這次比賽。

wear out

★ 耗損；磨損

The carpet in the hallway **wore out** and had to be
replaced. 大廳裡的地毯磨壞了，必須換掉。

★ 使（人）疲累

Playing with his grandchildren really **wore** Fred **out**.

和孫子一起玩真把弗雷德給累壞了。

 多學一點點

形容詞片語：**worn-out**（磨損的；破舊的；疲累的；筋疲力盡的）

I need new running shoes. These are totally **worn-out**.

我需要新的跑步鞋。這雙已經完全穿壞了。

I have to sit down and rest for a minute — I'm **worn-out**. 我得坐下來休息一下；我累死了。

索
引

索
引

國家圖書館出版品預行編目資料

美國人365天都在用的英文片語 / Carl W. Hart
　作；林曉芳、徐孟達翻譯 --初版. -- 台北市：貝塔, 2009.07
　　面；　公分
　譯自The Ultimate Phrasal Verb Book
　ISBN: 978-957-729-745-7（平裝）

　1. 英語 2.動詞 3.慣用語

805.165　　　　　　　　　　　　　　　　　98010433

美國人365天都在用的英文片語
The Ultimate Phrasal Verb Book

作　　者 / Carl W. Hart
翻　　譯 / 林曉芳、徐孟達
插　　圖/ 賴鈴雯
總 編 審 / 王復國
執行編輯 / 朱慧瑛

出　　版 / 貝塔出版有限公司
地　　址 / 100台北市館前路12號11樓
郵　　撥 / 19493777貝塔出版有限公司
客服專線 / (02)2314-3535　　傳　真 / (02)2312-3535
客服信箱 / btservice@betamedia.com.tw

經　　銷 / 高見文化行銷股份有限公司
地　　址 / 台北縣樹林市佳園路二段70-1號
客服專線 / 0800-055-365　　傳真號碼 / 02-2668-6220

發　　行 / 智勝文化事業股份有限公司
地　　址 / 100台北市館前路26號6樓
電　　話 / (02) 2388-6368　　傳真號碼 / (02) 2388-0877

出版日期 / 2009年7月初版一刷
定　　價 / 320 元
Ｉ Ｓ Ｂ Ｎ / 978-957-729-745-7

喚醒你的英文語感 ！

後釘好，直接寄回即可！

100 台北市中正區館前路12號11樓

貝塔語言出版 收
Beta Multimedia Publishing

 寄件者住址 ☐☐☐

貝塔語言出版
Beta Multimedia Publishing

讀者服務專線（02）2314-3535　　讀者服務傳真（02）2312-
客戶服務信箱　btservice@betamedia.com.tw

www.betamedia.com.tw

謝謝您購買本書！！

貝塔語言擁有最優良之英文學習書籍，為提供您最佳的英語學習資訊，您可填妥此表後寄回（免貼郵票）將可不定期收到本公司最新發行書訊及活動訊息！

姓名：_____　性別：□男 □女　生日：_____年_____月_____日

電話：(公)_____(宅)_____(手機)_____

電子信箱：_____

學歷：□高中職含以下　□專科　□大學　□研究所含以上

職業：□金融　□服務　□傳播　□製造　□資訊　□軍公教　□出版

　　　□自由　□教育　□學生　□其他

職級：□企業負責人　□高階主管 □中階主管　□職員　□專業人士

1 . 您購買的書籍是？_____

2 . 您從何處得知本產品？(可複選)

　　　□書店 □網路 □書展 □校園活動 □廣告信函 □他人推薦 □新聞報導 □其他

3 . 您覺得本產品價格：

　　　□偏高 □合理 □偏低

4 . 請問目前您每週花了多少時間學英語？

　　　□ 不到十分鐘 □ 十分鐘以上，但不到半小時 □ 半小時以上，但不到一小時

　　　□ 一小時以上，但不到兩小時 □ 兩個小時以上 □ 不一定

5 . 通常在選擇語言學習書時，哪些因素是您會考慮的？

　　　□ 封面 □ 內容、實用性 □ 品牌 □ 媒體、朋友推薦 □ 價格□ 其他_____

6 . 市面上您最需要的語言書種類為？

　　　□ 聽力 □ 閱讀 □ 文法 □ 口說 □ 寫作 □ 其他_____

7 . 通常您會透過何種方式選購語言學習書籍？

　　　□ 書店門市 □ 網路書店 □ 郵購 □ 直接找出版社 □ 學校或公司團購

　　　□ 其他_____

8 . 給我們的建議：_____

_____